술래 바꾸기

술래숨꾸기

"기억에 관한 한 우리는 언제나 술래였다."

김 지 승

에 세 이

난다

차례

술래는 주체일까, 타자일까?

의 자 ＿ ＿ ＿ ＿ ＿

움직이는 여성성의 거처

볕이 사나웠다. 걸어서 20분 거리라고 가볍게 의자를 들고 나오는 게 아니었다. 한여름, 한낮, 쨍쨍하게 퍼붓는 햇살 아래 두 팔을 번쩍 들고 벌서듯 의자를 들고 있는 내가 너무 바보 같아서 쿡, 웃음이 났다. K의 집에 가는 길이었다. 나는 그걸 알지만 거리의 사람들은 몰랐다. 내가 든 의자와 내 얼굴을 일별하는 시선이 노골적이었다. 왜 저래? 그러게나 말입니다. 개중에는 1970~1980년대 초등학교에서 쓰던 낮은 의자를 머리 위로 번쩍 들어 올린 모습이 어딘지 친숙해서 시선을 둔 이들도 있을 것이다. 긴 나무 사다리를 잘라서 뚝딱 조립한 것 같은, 가끔 못이 튀어나와 엉덩이를 찌르던, 항상 삐걱거리던, 걸상이라 부르던 의자를 들고 교실 뒤에서 벌을 서 보지 않았더라도 추억은 방울방울 시대물들이 재현하는 교실에는 그런 모습들이 흔했다.

"요즘도 저런 의자가 있어?"

누군가 지나가면서 그랬다. 지역의 한 폐교에서 가져온 거예요, 라고 하마터면 대답할 뻔했다. 이걸 굳이 굳이 가져와서 친구에게 갖다주느라 이 고생을 하고 있지요, 라는 말은 알아서 삼켰다. 내 자세며 마음 상태가 어쩐지 내가 자꾸 나에게 벌을 주고 있는 기분이었다. 도롱이 할머니는 그게 다 태어나 받은 자기 자리가 줄곧 불편한 사람들이 하는 짓이라고 했다.

지역 예술인들의 작업실로 사용 중인 폐교에서 그 마을 여성노인[1]들이 그림 수업을 받고 있었다. '여성노인과 예술'이란 주제와 어울릴 만한 이야기를 기대하며 찾은 곳이었다. 원래 기획 꼭지를 진행하던 기자가 모친상을 당해 급히 대신하게 된 일이었다. 수업 프로그램 담당자들이 '도롱이 할머니'라고 부르던 노인은 마을의 반장이었는데, 나를 보자마자 손을 끌어 곁에 앉히고 연신 손등을 쓸었다. 처음에는 당황스러웠으나 나는 비교적 노인들의 젖은 시선을 잘 받아 내는 편이었다.

열 명이 넘는 여성노인들의 눈을 보며 일과를 묻고, 아침 반찬 종류를 묻고, 그리고 싶은 얼굴을 물었다. 그들은 뭐 그런 걸 다 묻느냐 하면서도 막상 대답 전에는 얼마간 골똘했다. 그들의 남편과 아이들이 이 학교에 다녔다고 했다. 대부분이 결혼 후 마을에 들어와 평생을 살고 있었다. 드문드문 그런 이야기들이 이어지다가 어느 순간 질문을 잇는 게 의미가 없어졌다. 여성노인들의 대화가 대충 이런 식으로 흘러가고 있었다.

"반장님은 이 학교 출신 아니던가?"

"학교는 다니다 말다 했지. 그때도 일하느라 바빠서."

"요즘도 바빠서 죽을 시간이 없다잖아."

"내일 쑥 캐러 간 김에 무덤 파든가."

"아, 그 송가네 무덤 앞에 의자는 누가 갖다 놓은 거래?"

"그 여편네가 무릎 수술하고는 쪼그려 앉질 못한대."

"의자가 세 개던데?"

"나하고 저 여편네하고, 송가 여편네 셋이 앉아 노느라."

무슨 넉살로 남의 남편 무덤가에서 셋이 앉아 노느냐, 쑥 다듬느라 그랬지 꼭 놀았다고는 할 수 없다, 막걸리 마셨으면 논 거지 뭘 우기냐…… 로 흘러 흘러 그러니까, 내 첫 질문이 뭐였더라 나도 잊고 그들도 잊고 다 잊었으나 끝에는 웃음이 터졌다. 무덤 앞에 의자라니. 어떤 의자요? 내가 묻자, 도롱이 할머니가 내 손을 잡고 1층 복도 끝으로 데려갔다. 옛날 신발장, 사물함, 책걸상 몇 개가 거기 쌓여 있었다.

짝꿍이 넘어오지 말라고 그었을 선이 그대로 남아 있는 책상을 손바닥으로 쓸어 보다가 무슨 생각에서였는지 나는 의자 하나를 가져가도 되겠냐고 물었다.

"갖다 놓을 무덤 생기려면 한참 멀었을 텐데 뭐 하러?"

그렇게 말하면서도 도롱이 할머니는 개중 제일 멀쩡하고 튼튼해 보이고 깨끗한 의자를 고르고 골라 내게 내밀었다. 삶이 잡동사니 가득 든 가방 같았다. 내가 사는 모양새가 그랬다. 거기에 하얀 고양이 한 마리가 쑥 들어오는 바람에 '커다란 가방, 하얀 고양이, 그리고 나' 이렇게 조금 다른 구성의 세트가 되었다. 삶에 툭툭 끼어드는 것들에게 가능한 공간을 만들어 주는 편이지만 그 의자는 둘 곳도 넣을 데도 없었다. 처음부터 그걸 모르지 않았는데 대체 왜.

그때, 노인들이 무덤 곁 의자 이야기를 했을 때, 여성 노인 셋이 앉아 쑥을 다듬는 상상 옆으로 강가 잔디밭에 오도카니 놓여 있던 낡은 의자 하나가 지나갔다. 내가 계속 살아가게 되어서 마침내 닿을 시간이 얼굴을 드러내는 방식은 대부분 그랬다. 강변 풀숲에 의자를 내놓았던 사람이나 무덤 곁에 의자 세 개를 갖다 놓은 이들은 내가 언제고 도착할 여성의 얼굴이었다. 그 얼굴이 여기에도 있고 거기에도, 저기에도 있었다. 여기 거울 속에, 거기 지역의 폐교에, 저기 다뉴브강 강가에도.

대략 유럽 10개국, 19개 도시를 지나는 다뉴브강은 꽤 오래 나를 설레게 했다. 이상하게 들릴 수도 있겠지만, 나는 다뉴브강의 팬이었다. 강의 시원에서부터 꼬리 끝까지의 길이 2,850km는 인천공항에서 베트남 하노이까지의 직선거리다. 그것은 잠비아와 카메룬 간의 거리이자, 미국 시애틀과 오스틴의 구간 거리이기도 하다. 이런 사실은 다뉴브강에 대한 내 애정을 증명하는 데에만 유용한 것이긴 했다.

팬으로서 애정하기와 증명하기는 중요한 일이다. 독일의 검은 숲에서 흑해 합류점까지, 강이 지나는 유럽의 도시들을 성지순례하고 싶다는 강렬한 바람 역시 팬이라면 흔히 갖는 애정의 표현이었다. 현실적으로는 불가능했던 그 바람을 친구의 초대로 처음 실현하게 된 날, 독일 울름을 지나는 다뉴브강 강가에서 내가 결국 여기에 왔구나 감회에 젖어 울까 말까 망설이다가 그 의자를 봤다.

강을 따라 걷기 좋게 다듬어진 좁은 길을 천천히 걷던 중이었다. 앞을 봐도 강이고 옆을 봐도 강이어서 강 같은 평화도 넘쳤다. 간혹 강의 유속에 호흡과 시야를 맞추면서 그날은 그냥 그것으로 충분할 수 있었다. 의자를 발견하기 전까지는 그랬다. 나는 다른 시공간의 입구에서 뚝 떨어져 어쩌다 거기 있게 된 것 같은 의자의 앞뒤 사정을 모르는 채로는 이곳에 있는 걸로 충분하지 않은 기분에 사로잡혔다. 처음에는 강가에 세워진 기념 조형물인가 했는데 아니었다. 의자에 박힌 못 자국이 어렴풋하게 보일 정도의 거리에서 나는 더 나아가지 못하고 멈춰 섰다.

내가 모르는 과거 언젠가 전 세계의 초등학교 교실 의자가 모두 같았던 게 아닐까? 그런 생각을 할 만도 한 게 볼수록 초등학교 때 앉았던 의자와 흡사했다. 그 순간만큼은 다뉴브보다 의자였다. 솟은 어깨 부분에 가방을 걸어 두면 무게를 못 이기고 꼭 한 번씩 뒤로 발라당 넘어지던 그 의자가 다뉴브강변의 잔디밭에 놓여 있는 이유는 무엇인지 이리저리 생각을 굴리느라 나는 원래 목적지가 그것이었던 것처럼, 기막힌 재회의 순간을 지연하고 있는 것처럼 서 있었다.

의자로 다가서는 한 여자를 보지 못했다면 나는 의문을 안고 후다닥 달려가 거기에 앉을 수도 있었다. 의자에는 앉아 봐야 알 수 있는 게 있지 않을까 하고. 기회가 사라졌다고 생각했는데 의자 옆에 서서 강가로 시선을 두는 것 같던 여자가 내 쪽을 바라봤다. 곁을 내어주는 표정 아래의 부드러움 때문에 나이가 보였다. 의자의 어깨쯤에 손을 올리고 노인은 나를 기다리는 것처럼 서 있었다. 안녕하세요. 네, 오늘은 강물이 시끄럽네요. 인사는 그렇게 왔다 갔다. 영어가 느렸지만 정확한 편이었다. 나도 조금 느리게, 그러나 문법은 엉망인 채로 말했다.

"어릴 때 초등학교에서 썼던 의자와 똑같이 생겨서 보던 참이었어요."

"어디에서 왔어요?"

"한국요."

"그럼 생각하던 의자가 맞을지도 모르겠네요."

"아, 한국에서 가지고 온 거예요?"

"나 말고 원래 의자 주인이요."

"당신 의자가 아니었군요."

"원래 친구 것이었어요. 죽었어요. 내게 이 의자와 고양이들을 남겨 두고."

독일 동화가 유명해진 이유가 있겠어. 그런 생각을 했던 것 같다. 내게 영향이 적지 않을, 여운이 짧지 않을 이야기가 도착하기 전의 불안함과 두려움을 나는 그런 식으로 밀어내곤 했다. 비틀기, 꼬기, 냅다 도망치기. 노인의 이름은 안나. 죽은 친구의 이름도 안나였다고 했다. 얼핏 한나로 들리기도 해서 나는 그들을 안나와 한나의 중간쯤인 발음으로 기억했다.

이야기를 나눌수록 의자에 앉기가 점점 어색해졌다. 안/한나는 그러니까, 살아 있는 안/한나는 의자를 지팡이처럼 쓰며 서 있었다. 그가 앉기에는 좀 작아 보이긴 했어도 앉기 힘든 정도는 아니었다. 하지만 우리는 의자를 어떻게 쓰는지 모르는 사람들처럼 그것을 사이에 두고 강을 향해 나란히 있었다.

"한국에 세 번째인가 다녀오면서 안/한나가 이 의자를 가져왔어요."

17

이런 식으로 이야기가 시작되면 이미 의자에는 나와 일면식도 없는 죽은 안/한나가 앉아 있다. 한국 방문이 잦았다는 건 직업과 관련이 있거나, 파트너가 한국인이었거나. 내가 상상할 수 있는 건 고작 그랬다. 의자 옆에 선 안/한나의 말이 내 상상의 폭을 넓혔다.

"태어나자마자 입양되어서 독일에 왔다고 했어요."

나는 입양아 안/한나가 독일에 도착한 날을 떠올렸다. 그가 요람에 눕혀지고, 모빌이 바람에 흔들리고, 우유는 부족함이 없었을 것이다. 언어를 배우기 전까지, 타인의 언어를 이해한다고 착각하기 전까지 세계는 오붓하다. 안/한나 둘은 언제 만났을까. 아주 가끔 언어 이전의 세계에서처럼 자신의 주변이 오붓해지는 순간에 그들은 서로를 알아봤는지도 모른다. 이건 오래된 이야기이다. 반복되는 이야기이기도 하다.

우리는 의외로 자신에게 잘 순응하지 못하는데 예외적이게도 처음을 선사하는 사람을 만났을 때는 한시적이나마 그게 가능해진다. 처음이었다고 했다. 안/한나처럼 이상한 사람은. 나는 그 지점에서 마음 놓고 웃었다.

"이상한 여자들은 이상해요. 잠깐 본 것뿐인데도 잊기 힘들어요."

"자기 의자를 들고 다니는 여자들이니까요. 이상한 여자들은 자기 의자에 나를 꼭 한 번씩 앉게 해 줬어요."

이상한 여자들의 의자와 그 의자에 앉아 본 이야기들이 흥미진진하게 이어졌지만 나는 안/한나의 저 말에서 빠져나오지 못했다. 자기 의자를 들고 다니다 그 의자에 다른 여자를 한 번은 앉게 해 주었다는 이상한 여자들에게서.

송가네 무덤은 학교 운동장에서도 보였다. 의자 세 개가 무덤을 등지고 학교를 내려다보는 모양새로 나란히 놓여 있었다. 어쩌다 얻게 된 옛날 의자를 들고 폐교를 떠나면서 그 풍경을 보았다. 도롱이 할머니는 교문 앞까지 나를 배웅해 주면서 간간이 내 손에서 의자를 빼앗아 갔다. 고작 몇 걸음을 대신 들어 주려고 힘을 쓰다가 아이고, 좀 쉬자, 하면서 의자에 털썩 앉는 모습에 웃지 않을 수 없었다.

교문 가까이 와서는 도롱이 할머니가 나를 거기 앉혔다. 타고 갈 차가 코앞에 있는데도 그는 의자를 학교 쪽으로 돌려놓고 내게 잠시 앉았다 가기를 권했다. 들어오면서는 보지 못한 폐교의 전경이 한눈에 들어왔다. 교실 창문에 붙어 선 노인들이 손을 흔드는 게 보였다. 그 위로 무덤이, 의자 세 개가, 안/한나의 모습도 잠깐. 모든 이야기가

19

다뉴브처럼 이어지다가 오직 빈 의자 하나로 남게 되는 삶에 대해서 나는 돌아오는 길 내내 생각했던 것 같다.

안/한나는 처음 한국을 방문하고 돌아온 날 다른 안/한나의 품에서 많이 울었다고 했다. 그 이야기를 들은 이후로는 어쩌다 나고 자란 작은 도시에 다녀오며 울게 될 때마다 문득 그랬다. 혹시 그때 그 사람의 마음이 이런 것이었을까. 바라고 상상했던 모든 것이 잘못되었다고, 그 상상 속의 사람들과 자신을 다 잃었다고, 파편만 남았다고 나처럼 울었을까. 그러고 나면 강가의 의자가 눈앞에 선명해지곤 했다.

이상한 여자들이 오고 갔다. 아, 내가 아는 최고 이상한 여자도 의자를 기다리고 있지 참. 기다리라지. 한여름, 한낮 뙤약볕 같은 사람들의 시선이 의자에 앉아 숨을 고르고 있는 내게 떨어졌다. 도롱이 할머니에게 배우지 않았나. 힘들면 의자 내려놓고 쉬었다 가면 된다. 내 의자가 없으면 다른 여자 의자를 빌리면 되고, 그 의자는 또 다른 여자에게 갚으면 된다.

K에게 전화가 왔다.

20

"혹시 거기 의자에 앉아 있는 이상한 여자가 너니?"

나는 벌떡 일어나 의자를 번쩍 들어 올렸다.

— — 모 믈 — —

연 결 이   균 형 이   되 는   감 각

친구가 아이를 낳았다. 한 몸이었다가 둘이 된 각각이 모두 무사하다는 소식이 전해졌을 때 나는 막 창문을 열던 참이었다. "딸이야"라는 말과 함께 순한 바람이 불어 들어왔다. 딸이구나. 창밖 멀리 시선을 두는데 목이 잠겨 왔다. 하늘이 맑았다. 한 생명의 세계가 시작되는 초침 소리가 들렸다. 소리는 머리 위에서 내려왔다. 다시 바람이 불었고, 나는 마음에 한참 못 미치는 축하와 감사를 반복했다. 전부터 이 순간을 기다렸던 말이 있었다.

"모빌을 달아 주면 좋겠다. 내가 선물하게 해 줘."

갓 태어난 세계의 초침 소리가 점점 커졌다.

출산을 앞두고 친구는 자주 공포에 짓눌려서 전화를 했다. 임신중독증으로 사망할 확률, 출산 과정에서 산모와 아이가 사망할 확률, 죽은 아이를 낳을 확률…… 도대체 어디에서 그런 자료를 다 구하는 건지 통화를 할 때마다 주제와 숫자가 달라졌다. '만약'으로 시작되는 이야기 대부분은 겁에 질린 친구의 울음으로 끝이 났다. 출산 예정일이 다가올수록 상태는 악화되었다. 자신과 아이 중 하나를 선택해야 하는 상황이 되면, 이라는 '만약'은 끈질기게 친구를 괴롭혔다. 하루는 그래도 아이를 살려야 하는 거 아니냐고 했다가, 다음 날은 아이만 살려 두고 자기가 어떻게 죽을 수 있겠냐고 하며 오락가락했다.

나는 결혼이나 출산, 육아와는 한참 동떨어진 세계의 일원이었으므로 혼자 아이를 낳아 기르게 된 친구의 불안과 공포를 깊이 헤아리긴 어려웠다. 다만 '혼자'라는 상황과 감정에는 오래 익숙했으므로 기도하는 마음으로 "~하면 좋겠다"를 주문처럼 반복하며 친구를 안심시키려 애썼다. 너도 아이도 건강하면 좋겠다, 혼자라는 것이 더 많은 기회가 되면 좋겠다, 출산이 덜 힘들면 좋겠다, 네 호르몬이 그만 좀 진정하면 좋겠다, 아이에게 엄마가 마음에 들면 좋겠다, 세계가 아이에게는 덜 가혹하면 좋겠다……. 이 주문이자 기도는 매일 달라졌는데 의도치 않게 친구의 불안이 구체적으로 언어화되는 효과가 있었다. 친구는 내 주문에 "내가 그게 두려웠나 봐"라고 반응하더니 어느 날부터 내 주문을 후렴구처럼 따라 했다. 가끔 변형도 했다.

"딸이라면 우리보다 훨씬 더 자유롭게 살아가면 좋겠다."

"응. 딸이면 우리보다 훨씬 더 자유롭게. 그럼 좋겠다."

유독 간절해지는 주문 앞에서는 둘 다 먹먹해져서 한동안 말이 없었다. 자유는 멀었지만 한 세계는 점점 가까

26

워지고 있었다. 예정일을 2주 정도 남겨 놓고는 친구의 불안이, 정확히는 조급함이 내게까지 건너왔다. 어쩐지 아이가 태어나기 전에 조금이라도 세상을 살 만하게 만들어야 할 것 같은 마음이 당황스러울 정도로 진지해졌다. 괜히 길가의 쓰레기를 줍고, 집에서 쓰는 그릇을 들고 가서 음식 포장을 해 오고, 더 기부할 곳을 찾으면서 다시 한번 내가 결혼이나 출산, 육아와는 동떨어진 세계의 일원이라는 게 다행스럽기도 했다. 이 세상에 대해 조금도 함부로 할 수 없는 이런 마음으로 내내 살아야 한다니, 아이고.

출산 당일까지 이어진 친구와 아이를 위한 주문은 마침내 "모빌을 달아 주면 좋겠다"로 한 매듭을 지었다. 왜 하필 모빌인가 하면, 하필 모빌이어야 했다. 모빌의 탄생부터 다양한 형태로의 발전 과정에서 연결할 수 있는 의미를 찾아보기는 어렵지 않고 그 이야기를 앞으로 조금하게 될 테지만, 그래도 맨 앞에는 친구와 내가 평생에 걸쳐 한 번도 모빌을 가져 본 적이 없었다는 공통점을 놓는 게 좋을 것 같다. 내게는 없었으므로 네게는 있어라, 하는 마음을 맨 앞에.

지금껏 친구와 나의 삶에는 존재하지 않았던 모빌을 딸의 삶에는 거의 처음부터 있게 하고 싶다는 바람은 사실 간단히 설명되진 않았다. 우리 삶에는 존재하지 않아

27

서 선택할 자유도 없었던 것들에 대한 회한일 수도 있고 거듭되는 회한으로 끝내지 않겠다는 의지이기도 했다. 모빌은 그런 의지와 연결되는 많은 것들 중 하나였다. 아이는 스스로 선택할 기회를 얻게 될 것이다. 무엇이 좋은지 싫은지 자신과 맞는지 아닌지 감각하고 선택하기 위해서는 우선 삶에 그 무엇이 있어야 한다. 자유의 조건도 마찬가지이다. 애초에 선택의 여지가 없는 상황에서는 선택할 자유도 머물 자리가 없다.

감각하고 선택하고 관계 맺기까지 나아갈 수 있는 첫 번째 조건을 마련해 주고 싶은 그 마음이 매만지는 건 친구의 삶이기도 했다. 내가 아이의 머리 위에 모빌을 달아 주면 친구의 삶 안에도 모빌이 달리는 거였다. 그것을 가져 본 적 없는 이의 취약함에 응답하는 사물이 있다. 모빌이 그러길 바라면서 나는 아이와 친구, 그리고 모빌을 함께 떠올렸다. 내 머릿속이 다 보인다는 듯 친구가 말했다.

"네 모빌은 내가 선물할 수 있으면 좋겠다."

어쩐지 쑥스러워져서 나는 딴소리를 했다.

"우리의 '좋겠다' 한참 전에 알렉산더 칼더의 '좋겠다' 가 있었어."

"또 말 돌린다. 그 이야기는 조리원 나가서 들을래. 얼굴 보고 해 줘."

나는 그러겠다고 약속했다. 약속을 했으니 준비를 해

야 했다. 충분한 사실 정보를 수집하고 이야기로 만드는 과정을 거쳐야 한다는 말이었다. 사실만으로는 그러니까 시치미, 침묵, 거짓말과 과잉 없이는 이야기가 만들어질 수 없었다. 문제는 끊임없이 유동하는 모빌을 어떻게 시치미, 침묵, 거짓말과 과잉 안에 고정하여 담을 것인가였다. 우선 시치미 뚝 떼고 입 싹 닫고 모르는 척 거짓말을 시도해 보기로 하자. 어차피 이 글은 출산 소식으로 시작되는 여성의 이야기이다.

"몬드리안의 점과 선, 면들이 모두 움직이면 좋겠다."
파리에 체류하는 동안 알렉산더 칼더는 몬드리안의 아틀리에를 우연히 방문한다. 정체된 미국 예술계에 싫증을 느낀 그의 눈에 몬드리안의 작품들이 뿜어내는 추상미술의 매력은 무척 신선해 보였을 것이다. 그즈음 대각선을 그림에 넣을 것이냐 말 것이냐는 갈등으로 소속되었던 그룹과 멀어진 몬드리안도 먼 대륙에서 온 새 친구의 경이에 찬 눈빛에서 얼핏 자기 미래를 보게 된다. 손님은 으레 오래 묵은 공기에 새 공기를 뒤섞는 존재이니까.
칼더는 수직선, 수평선, 원색, 무채색만으로 엄격하게

제한한 몬드리안의 추상 공간에 시간을 부여하고 싶었던 것 같다. 움직이는 모든 것에는 시간 축이 있다. 몬드리안의 '차가운 추상'이 스스로 움직이는 상상을 하면서, 시간 속 추상의 흐름이 얼마나 재미있을지를 칼더가 잔뜩 흥분해서 묻자 몬드리안은 덤덤하게 대꾸한다.

"내 그림들은 이미 충분히 빨라요."

정말 그렇게 생각한 건지, 미국인 친구의 호들갑이 언짢았던 건지, 괜한 일을 벌이지 말라는 경고성 대꾸였는지는 알 수 없다. 하지만 멋진 말이다. 칼더도 그렇게 느끼지 않았을까. 다만, 이미 충분히 빠른 몬드리안의 그림에 진짜 '움직임'을 부여하고 싶은 욕심을 철회할 만큼은 아니었던 것 같다. 그 정도로 칼더를 강력하게 옭아맨 "움직이면 좋겠다"로부터 새로운 오브젝트, 모빌이 탄생한다.

모빌은 움직임이다. 처음에는 점, 선, 면을 철사로 잇고 모터를 달아 가능해진 움직임이었다. 그것만으로도 충분히 새롭고 획기적이었다. 움직이는 조각이라니. 1932년, 이 놀라운 조각을 본 뒤샹은 '모빌'이라는 이름을 붙인다. 자기 변기를 분수라고 부른 이의 작명치고는 굉장히 평범해서 두 사람이 별로 안 친했나 보다 추측한다. 이후 모터나 전기장치 없이 창가에 걸어 두는 것만으로 스스로 움직이는 오브제의 이름이 된 모빌은 탄생부터 명명까지 몬드리안, 칼더, 뒤샹의 우연한 이동과 만남을 의미 있게 했다. 모빌이 모빌 한 것처럼.

초기 칼더의 모빌은 천장에 매달거나 벽에 걸거나 고정물에 연결한 오브제 등 다양한 형태였다. 한 전시에서 1943년 작품인 '별자리'를 보고 나는 비슷한 모빌을 오래 찾아다녔다. 세계대전 당시에는 금속 재료가 부족해 나무를 이용하는 변화를 겪는데, '별자리'도 채색된 일곱 개의 나무 조각들이 북극성 같은 균형점을 중심으로 금속 막대에 매달려 있었다. 얼핏 단순한 구조로 보였으나 그렇지가 않았다. 칼더의 전성기로 꼽히는 40년대 모빌 작업은 균형을 잡는 단순한 기능에 그치지 않고 낙관적인 역동성을 구현했다. 나무나 청동 등의 새로운 재료가 실험성을 더 부가했을 것이다.

내가 친구에게 그리고 그의 딸에게 선물하고 싶은 건 그와 비슷한 모빌이었다. '별자리'는 약한 바람, 천천한 기류, 어쩌면 세계의 희미한 징후만으로도 움직일 것 같았다. 나는 어떤 위험을 예민하게 감지하는 조각을 아이 곁에 둠으로써 아이의 불안을 희석하고 싶은 것인지도 몰랐다. 나와 친구의 불안도.

대상관계이론 전문가 도널드 위니컷[2]은 갓 태어난 아이가 휩싸이는, 우리가 도무지 '상상하기 힘든 불안감'에 대해 말한 적이 있다. 그중 하나가 자기가 조각조각 나뉘는 불안이고, 이어서 영원히 추락할 것 같은 불안과 자기 몸과 영영 관계 맺지 못할 것 같은 불안, 방향을 잃는 불안까지 하나씩 꼽을 때마다 친구와 나는 그 불안들이 모두 현재 우리 안에 도사리고 있다는 사실에 매번 깜짝 놀라곤 했다. 갓 태어난 아이는 자신을 보호할 수 없는 건 물론이고 자기 몸을 마음대로 쓸 수 없는 가장 약자의 상태이다. 그들의 불안이 제도 밖의 존재인 친구와 나의 불안과 닮아 있는 건 어쩌면 당연했다. 다는 몰라도, 위니컷이 명명한 것처럼 상상하기 힘들지는 않았다. 모빌은 그 모든 불안을 닮아 있었다. 중요한 건 불안 뒤의 균형과도 그렇다는 점이었다. 모빌은 움직임이자 멈추지 않는 균형의 시도였다.

딱 한 번 모빌을 가질 뻔한 적이 있다. 이십 대였을 테고, 선물을 받기 직전에 작은 자취방에 걸어 둘 곳이 없다는 이유로 다른 선물을 골랐을 것이다. 모빌이 외부의 마찰로 움직이고 다시 균형을 잡는 것을 반복하려면, 그리고 그게 아름다우려면 가능한 큰 창과 햇살과 바람이 있어야 했다. 모빌의 그림자가 놓일 하얀 벽은 아름다움과 관련해서는 더 중요했다. 내게는 그런 공간이 없었다. 내가 아는 많은 이들이 그랬다.

한 아이가 태어나면 이 세계에 그 새 존재를 위한 시공간이 예비되어 있는 것 같은 착각이 든다. 그랬으면 좋겠다. 내게 남은 "좋겠다"를 다 써서 그게 가능해진다면 나는 전생이나 후생의 "좋겠다"까지 다 끌어올 의향이 있다. 누구는 자기 몸만큼의 시공간을, 누군가는 그 몇백 배의 시공간을 얻는다. 공평하지 않다. 내가 우리라고 부를 수 있는 사람들은 우리 없이도 꽉 찬 세상에 비집고 들어가 겨우 자리를 마련하고 살아남아야 한다. 친구의 딸도 그럴 것이다.

그래도 그 아이에게는 모빌을 달 수 있는 공간이 준비되어 있다. 햇살과 바람이 닿을 창이 달린 조그마한 방. 그 방에 달릴 모빌은 아이가 처음 보는 우주가 될 터였다. 조각들이 서로를 의지해 균형을 잡고 외부의 파동에 유연하게 움직이는 원리를 감각하면서, 아이는 다른 여자아이를 만나는 순간 그 감각을 기억해 낼 것이다. 손을 잡을 수도 있겠지. 못된 말과 시선들이 무자비하게 흔들어도 불안하지 않을 수 있겠지. 이쪽에서 기울면 저쪽에서 솟아나는 춤을 추듯 살았으면 좋겠다. 딸이라서 자랄수록 더 많은 "좋겠다"의 주문이 필요할 거라고 지금은 조금 아껴 두자 했지만 매일 "좋겠다"가 증식하는 마음을 어쩔 수가 없었다.

아이가 세상에 나오고 일주일, 친구가 전화를 걸어와 대뜸 그랬다.

"애, 나랑 하나도 안 닮은 것 같아."

"너도 딸이고, 네 딸도 딸이잖아. 지금은 아니어도 닮을 거야."

"아, 그러네. 우린 다 딸이구나."

모든 여자는 딸이다. 딸들의 삶이 때로 모빌처럼 흔들리고 아름답게 그늘지는 걸 본다. 서류상으로는 혼자 아이를 키울 친구 옆에 나와 또 다른 딸들이 있다. 언제고 친구를 대신할 몸이 될 준비를 하면서 각자 아이 이름 짓기에 골몰하고 있는. 전화를 끊고 나는 우리 중 가장 작은 딸을 위한 모빌을 주문했다.

_ _ _ _ _ 수 건

기억과의 관계에서

우리는 항상 술래였다

사진을 한 장 받았다. 비슷한 명암의 얼굴들 맞은편에 유독 혼자 뒷모습을 보이고 있는 한 사람. 작은 덩어리처럼 말린 몸 위에 연분홍색 머릿수건이 선명한 그가 아마도 지금부터 내가 찾아야 하는 사람인 것 같았다. 찾는 시늉이라도 해야 할 사람.

"그런데 이분, 얼굴이 없는데요."

"여기 이 옷차림 그대로라니까."

"그 누구냐. 어, 그 가수 닮았는데……."

"가수 아니고 배우. 그 옛날 배우 이름이 뭐더라?"

몇몇 배우인지 가수인지 알 수 없는 이름들이 오갔다. 평소 얼굴과 이름을 연결 짓기 어려워하는 나에게는 아예 도움이 되지 않았다. 혼자 사는 치매 노인이 사라진 지 반나절이 지났다. 마지막 목격자는 그가 마을 입구 방향으로 느릿느릿 걸어가더라고 했다. 이 머릿수건을 하고 있었다니까. 사진 속 머릿수건이 유일한 단서였다. 나는 그의 얼굴을 모르고, 이 마을도 처음이었다. 곤경에 빠진 건 사라진 노인이 아니라 나일지도 모른다는 생각이 다섯 번째 들었다. 버스를 잘못 탔다는 걸 알았을 때도 이 정도는 아니었다.

원래 가려던 도시의 이름과 이곳 지명에 받침 하나의 차이가 있었다. 마침 정면에서 반사된 햇살 때문이었는지, 몇 넌 만에 K가 보낸 문자를 떠올리며 잠깐 해찰하느

라 그랬는지 나는 그 받침 하나의 차이를 놓쳤다. 이어폰
은 왜 또 그렇게 꼭 끼고 있었는지. 표 검사도 없이 한참
달린 버스가 시 외곽 정거장에서 다른 승객들을 태우려
고 차를 세웠다. 승객들과 함께 검표원이 올라와 손을 내
밀었다. 잘못 탔네. 어쩔래요? 질문이 간명해서 나도 간단
히 답했다. 그냥 갈게요. 그는 내게서 3,800원을 더 받아
가고 새 표를 끊어 줬다. 원래 가려던 도시 이름보다 받침
하나가 모자란 도시가 더 멀리 있는 모양이었다. 가령, 원
래 '가난'에 가려고 했다면 받침 하나가 모자란 '가나'라
는 곳으로 조금 더 가게 된 셈이었다. 가나야 나라 이름이
기도 하니까 그렇다 치고 왜 가난이 떠올랐을까. 세상에
그런 의미의 도시 이름은 결코 없을 것 같다. 그래서 떠올
랐을지도 모른다.

돌아갈 버스는 4시간 후에나 있었다. '가난'행 직행 노
선도 없었다. 가나와 가난은 교류가 그다지 없는 것 같았
다. 4시간이면 전신마취를 하고 종양을 제거한 후 회복실
에서 눈을 뜨자마자 극심한 통증과 함께 칼과 바늘과 실
을 떠올리기 충분하다. 그런 생각을 하며 수술실 앞 의사
처럼 터미널 화장실에 들어가 손을 씻었다. 칼도 없고 바
늘도 없다. 제거할 건 있을지 모른다. 화장실을 나오며 맞
은편 벽에 초록색이 많은 관광지도가 붙어 있는 걸 봤다.
문득 궁금해졌다.

우리 마을의 특산품은 태양입니다.

'마을'의 이응에 입술이 유독 빨간 태양이 노랗게 웃고 있었다. 낯선 표현이었다. 해돋이의 마을이나 일몰이 아름다운 마을이면 모를까. 특산품이 태양이라니, 그럼 특산품 매장에서는 뭘 팔까? 수술실이 특산품 매장으로 바뀌었다. 태양과 연루되는 4시간이면 이 마을에서 내 몸이 휘발될 수 있을지도 몰랐다. 가난이나 가나에서 내가 진심으로 원한 일은 그거였다. 휘발, 증발, 기화, 실종, 행불…… 그런데 얼굴도 모르는 노인이 선수를 친 거였다.

회관에서 마을 입구를 지나 터미널까지의 길을 되짚어 걷기로 했다. 사진 속 작게 덩어리진 몸과 만두 같던 머릿수건을 떠올렸다. 내게 사진을 보여 준, 그중 가장 명랑한 기운의 노인은 사라진 노인의 집에서 얼굴 정면이 나온 사진을 찾아보겠다고 했다. 마을회관 앞에서 마주친 노인 대부분이 영정 사진으로 쓸 만한 정면 사진 한두 장은 있을 나이로 보였다. 양손에 다듬잇방망이를 하나씩 야무지게 쥐고, 하얀 머릿수건을 빳빳하게 묶은 모습으로 미루어 이불 홑청에 풀 먹여 다듬이질하다가 소식을 듣고 다들 뛰어나온 게 아닌가 싶었다. 마을 입구부터 회관까지 가죽나무에 연한 녹색이 도는 흰 꽃이 작게 핀 기억이 있는 걸 보면 아마도 6월, 한여름 볕처럼 맹렬해지기 전일 텐데 묘하게도 눈앞의 것들이 모두 신기루처

럼 흐릿해졌다가 또렷해졌다가를 반복했다. 그들이 회관
에서 와르르 나와 자네는 이쪽, 자네들은 저쪽으로 가 보
시게 할 때 갑자기 다른 차원과 연결되는 문에서 튀어나
온 산파들인가 했다. 터미널을 빠져나올 때도 그 비슷한
생경함과 익숙함이 있었다.

특산품은 어떻게 특산품이 되는가. 터미널을 나서자마
자 강렬한 존재감만으로 그것은 스스로를 설명했다. 나
는 멈춰 서서 질끈 눈을 감고 비수에 찔린 듯한 통증이
5, 6초간 지속되는 걸 견뎠다. 어둠이 반드시 패퇴하고 어
딘가에서 피 냄새가 날 것 같은 햇살이었다. 눈을 뜨고도
한참 멈춰 있던 내 한쪽 어깨에 비스듬하게 걸친 배낭을
누군가 툭 치고 지나갔다. 그 바람에 휘청거리며 시선이
위를 향했고, 흐릿한 형체 하나가 태양과 나 사이에 피어
올랐다. 같은 기억이 묻은 얼굴이었다. 그러니까 오류, 소
홀함, 착오에 관한 기억이거나 연신 후회하지만 후회한
다고 말하면 안 될 것 같은 기억이. 얼굴이었다가 얼굴들
이 되고 다시 얼굴로 어른거리는 그것 위로 반투명 뚜껑
처럼 그늘이 덮였다. 나는 후회하지 않아. 얼굴이 말했다.

K도 그랬다. 그 이후로 내 앞에서 후회하지 않는다고 다짐인지 바람인지 방어인지 모를 말을 하는 사람들은 죄다 K의 얼굴이 되었다.

그날 수건돌리기의 술래는 K였다. 그렇게 정해졌다고 갓 전학 와 등교 이틀째인 나에게 서너 명이 돌아가며 알려 줬다. 무조건 K 뒤에만 수건을 떨구라는 거였다.

"K가 누군데?"

"네 앞자리."

"쟤야. 얼굴 잘 봐 둬. 헷갈리면 안 돼."

"왜?"

내 질문에 그들은 내 뒤에서 왔다 갔다 하는 움직임을 눈으로 좇았다. 일제히 어떤 힘을 좇는 것처럼. 내가 뒤돌아 물었다.

"넌 아니? 왜 K가 술래인 거야?"

반장으로 불리던 그 애는 더없이 모범적인 표정으로 내게 너무 애쓰지 말라는 듯 웃어 보였다. 물론 어떤 대답도 듣지 못했다. 며칠이 지나자 자연스럽게 알게 되는 것이 생겼다. 반장은 힘이 있고, K는 힘이 없었다. 반장은 가진 게 많았고 K는 가진 게 없었다라고 말할 수도 있다. 반장은 완제품 존재였고, K는 부속이 모자란 조립품이어서 혹은 반장은 오래 살 거고, K는 병들어 죽을 것이어서. 이미 많은 것이 정해진 미래를 꼬리처럼 달고 어려서, 무지

해서, 두려워서. 여러 번의 전학과 여러 명의 반장, 여러 다른 K를 지나며 배웠다. 그 시절의 특산품을 애증이라고 할 수 있을까. 그게 태양보다 뜨겁지 않을 리 없었다.

"찾았대요, 찾았대! 어이구, 십 년이 펄쩍 감수야."

사라진 노인은 마을 입구와 인접한 편의점에서 잠들어 있었다. 편의점은 못 봤는데요. 누가 뭐라고 한 것도 아닌데 딴생각에 빠져 부주의하게 놓친 건가 자책이 들었다. 고맙게도 내게 소식을 전하려고 종종걸음 한 명랑노인이 그랬을 거라고, 잘 안 보였을 거라고 두 번이나 얘기해 줬다. 접힌 마음이 펴졌다. 노인과 마을 입구까지 걸었다. 커다란 가죽나무 뒤로 구멍가게 하나가 모습을 드러냈다. 설마 저기가 편의점이라고? 가게 유리창에 시트지로 편, 의, 점 세 글자를 붙인 것이긴 해도, 24시간 중 4시간만 문을 여는 곳이라도 마을 사람들은 편의점이라고 부른다고 했다. 분홍색 머릿수건을 말아 베고 잠든 노인 곁에서 편의점 주인 노인이 팔을 휘휘 흔들며 파리를 쫓고, 회관 앞에서 마주친 하얀 머릿수건의 그네들은 산파가 아니라 영매들처럼 모두 주문을 외우는 표정이었다.

"쌀 떨어졌다고 사정을 하더라고. 손자 오면 배달해 주겠다 해도 올 때까지 기다린다고 앉았더니 자네."

애썼다, 재운 게 다다, 다시 안 내보낸 건 진짜 잘한 거다, 깨면 데리고 가자…… 노인들이 돌아가며 한마디씩 하는데 편의점 주인이 나를 빤히 보며 눈으로 물었다. 너는 누구냐. 명랑노인이 눈치를 채고 대신 설명했다.

"우연히 회관 앞을 지나다가 우리한테 붙잡혀서 형님 찾는 데 동원된 불쌍한 아가씨야."

"그럼 야쿠르트라도 하나 먹여."

얼결에 야쿠르트를 손에 쥐고 꾸벅 인사를 하고 버스 시간을 핑계로 편의점을 나왔다. 쌀 떨어진 기억은 나도 여기 심장에 탁 걸려 있어, 라는 말이 배낭에 담겨 따라왔다. 심장에 탁 걸린 기억. 언젠가 저들처럼 누군가를 재우고 그의 잠 풍경이 평온하길 바라며 받침이 있든 없든 타인의 기억을 잘 읽어 낼 수 있을까. K, 더 살면 그럴 수 있을까?

버스를 잘 탔다면 지금쯤 K를 만나 미리 생각해 둔 이야기를 나누고 있을지 몰랐다.

"네안데르탈 여성들 팔의 뼈에는 힘줄이나 인대 부분 손상 흔적이 남아 있대."

"그들도 마감하느라 힘들었나 보네."

"공룡 이빨 키보드 터치감이 별로였을지도."

"아, 요즘은 무접점 키보드 많이 쓴다며?"

대화는 이상하게 흐르다가 다시 제자리로 돌아와서, 특히 네안데르탈 여성들의 팔꿈치에 남은 손상 흔적은 규칙적으로 창을 던지는 행위와 연관된다고 이야기할 것이다. 남성은 사냥, 여성은 채집이라는 선사 시대의 성별 분업은 많은 경우 선사학이 시작된 시대의 성별 분업을 기준으로 편협하게 해석되어 왔다는 걸 말해 주면 K는 웃을 것이다. 그럴 줄 알았어. 우리는 아주 잠시 우리일 수 있을 것이다. 그날 운동장에서 내가 룰을 바꾼 순간에 그랬듯이.

"제가 살던 곳에서는 연속 술래는 안 되고, 나무에 손을 대고 있는 사람은 술래가 잡지 못했어요."

오늘은 전학생이 말한 규칙으로 진행해 보라고 반장에게 당부한 뒤 선생님은 10분쯤 지켜보다가 자리를 떴다. 힘의 흐름이 바뀌기에는 10분이면 충분했다. K는 나무에 두 손을 대고 웃었다. 반장이 수건을 내 등 뒤에 떨궜다. 눈치를 채고 있었던 데다가 맞은편에 앉아 있던 K가 눈짓으로 알려 줘서 잡을 수 있었지만 그러지 않았다.

돌아가며 술래를 하는 것. 내게는 그게 수건돌리기에서 가장 중요한 룰이었다. 그때가 내가 룰이라고 여겼던 것이 지켜진 거의 유일한 순간이었다. 아주 잠깐 세계가 마음에 들었다. 곧 K가 전학을 가고 내가 K를 대신해 졸업 전까지 술래가 될 줄은 아예 모르고. 힘의 흐름이 10분 만에 바뀐다는 건 그 반대도 가능하다는 의미였다. 무엇보다 관성과 반동의 힘은 좀 더 잔인한 쪽으로 흐르기 쉬웠다. 그건 이해가 쉬웠는데 오랫동안 이해하기 힘든 게 있었다. 나는 왜 줄곧 반장보다 K가 미웠을까.

K는 후회하지 않는다고 했다. 우리는 서울의 한 성폭력상담원 양성 교육장에서 우연히 재회했다. 그가 먼저 나를 알아봤다. 쉬는 시간에 캔 커피를 내밀면서 웃는 그 앞에서 얼마나 얼굴이 딱딱하게 굳었는지 툭 치면 금방 쩍, 하고 금이 갈 수도 있겠다 싶었다. 전학 가서는 괜찮았어? 이 질문에 내가 원망을 조금도 싣지 않았다고 자신할 순 없다. 그래도 후회하지 않는다는 즉답을 들을 줄은 몰랐다. 정작 그 말을 더 오래, 자주 들은 건 K 자신이었을 것 같았지만. 내 원망이 그의 미안함을 요구한 것인지, 그의 과장된 결백함이 내 원망을 불렀는지 알지 못한 채 몇 번 같이 밥을 먹고 영화를 보는 동안 우리는 아슬아슬하게 특정 단어와 기억을 피했다. 수건이라든가 술래라든가 따돌림 같은 말들. 공교롭긴 했다. 교육 마지막 날

우리는 교육 이수 기념 수건을 선물로 받고 서로 눈을 마주치지 않은 채 손을 충분히 흔든 후 헤어졌다. 어떤 기억에 관해서는 계속 술래다. 수건돌리기 또는 수건 떨구기로 불리던 그것이 기억 돌리기, 기억 떨구기로 남았다. K는 몇 개월 후 우리가 처음 만났던 소도시로 돌아갔다. 이삿짐을 실은 트럭 앞좌석에서 보낸 문자는 짧았다.

이번에도 내가 너 두고 도망가는 건가. 봐줘. 서울은 너무 외롭네.

그게 6개월 전 일이었다. 1년에 한 번 혼자 가방을 꾸려 계획 없이 움직이는 여행 중에 문득 K와 내가 차례로 술래였던 그 도시에 가 볼 마음이 생긴 건 도중에 사라져 버리기 좋을 여정 같아서였다. 내 뒤에 수건을 떨군 얼굴이 햇살 때문에 보이지 않았던 그날. 그 얼굴을 끈질기게 확인하고 싶었던 마음이 발보다 앞서 달려 나간 탓에 몸이 큰 호를 그리며 넘어졌다. 턱이 찢어졌다. 병원을 나서면서 K를 떠올렸다. 나는 너처럼 도망치지 않아. 사라지지 않아. 우리는 잠시만 우리였다. 차이를 모르는 채 그랬다.

여긴 볕이 더 환했다. 아, 특산품 매장! 노인들 때문에 완전히 잊고 있었다. 태양이 특산품이면 '오 솔레 미오' 음반이나 태양신 인티가 그려진 아르헨티나, 우루과이 등의 국기를 팔 리는 물론 없겠지 하는데 뒤에서 명랑노인이 부르는 소리가 들렸다. 그의 얼굴보다 1.5리터 생수병에 담긴 쌀이 먼저 보였다.

"그 뭐냐, 태양광에너지. 응. 여기가 그걸로 유명하거든. 시범적으로 농사지은 거라서……."

"그렇게 귀한 걸 왜 절 주세요."

"고마워서 그러지. 선뜻 그렇게 도와주고. 집에 가서 따뜻한 밥 지어 먹어. 밥이 맛있으면 또 그 맛에 얼마간 살고 그러잖어."

아직 잠들어 있다는 그 노인이나 영매 같던 노인들에게나 필요한 게 아닌가, 더 살맛은……. 잘못 내린, 실은 잘못 도착하고 싶었던 마음을 생각하면 꼭 그런 것만은 아닐지도 모르겠다. 살 만한 밥맛은 누구에게나 있어야지. 명랑노인에게 깊게 고개 숙여 인사를 했다. 웃으며 인사를 받고 돌아서 걷던 노인이 머릿수건을 풀어 어깨와 허벅지에 탁탁 털었다. 절도 있고 단호한 움직임이 한편 후련해 보였다. 저런 단호함에는 어떤 기억도 대항할 수 없겠다.

왔던 곳으로 돌아가는 버스표를 끊었다. 출발점으로 돌아가 K에게 갈지 말지를 다시 결정하려고. 어쩌면 나는 그의 기억을 잊어 주고, 그는 나의 기억을 잊어 주는 그런 교환이 둘 사이에 일어날 수도 있지 않을까. 일단 맛있는 밥을 서로에게 먹인 다음에.

가 위 — — — — —

서로를 벨 수 없는 두 개의 칼날

실패한 관계에서부터 이야기를 시작하는 사람이 있다. 새로운 관계 앞에서 지난 실패를 꺼내 드는 복잡한 심리야 개인마다 다르겠지만, 미정의 경우는 그 실패가 자신의 잘못이 아니며 앞으로 나와 맺을 관계에서 문제가 발생했을 때도 그럴 거라는 암시를 위한 포석이었다. 명백한 실패로 남은 관계 대부분이 그런 허술한 보호막을 남기곤 했다. 그건 모녀 관계도 마찬가지였다.

"엄마가 이상해요."

미정의 엄마, 점숙 씨가 미정과 나를 "친구 하라고" 소개해 단둘이 어색한 식사를 한 지 한 달이나 지났을까. 자정 가까운 시간에 전화를 주고받을 사이는 아니어서 폰화면에서 그의 이름을 확인하고 나는 시간을 충분히 두고 망설였다. 전화는 한 번 끊겼다가 다시 울렸다. 무슨 일이 있구나, 직감한 건 그때였다. 엄마, 라고 발음할 때 미정의 목소리가 떨렸다. 점숙 씨의 나이를 떠올렸다. 83세, 자정의 전화, 떨리는 목소리…… 예상할 수 있는 일들이 재빨리 어두운 창을 지나가는데 미정이 숨을 가다듬고 또박또박 말했다.

"엄마가 거실 커튼을 자르고 있어요. 엄마가, 거실 커튼을, 계속……"

미정은 아이처럼 울음을 터트렸다. 그때 미정은 아이이기도 했을 것이다. 미정의 나이는 미정이 점숙 씨와 같이 산 시간과 정확히 일치했다. 태어나면서부터 단둘뿐이었어요. 미정은 어느 날, 아마도 둘 말고도 셋, 넷, 다섯이 존재한다는 걸 알게 된 어떤 날에야 이상함을 느꼈다고 했다. 누군가 나와 엄마를 묶어서 한 방에 던져 넣고 문을 쾅 닫아 버린 기분이었어요. 그 말이 나를 퍽 놀라게 했다. 생애 기록 프로그램에 참여한 여성노인들 중 첫 시간부터 또렷한 인상을 준 점숙 씨가 그 시간을 회고하며 쓴 문장을 나는 기억하고 있었다.

세상이 나 죽지 말라고 내 딸을 내렸다. 우리는 세상에서 하나였다.

자식이 부모를 그렇게 살리기도 한다는, 여기저기에서 눈물 쿡쿡 찍어 닦는 교실 분위기가 적잖게 당황스러웠다. 점숙 씨의 딸이라도 된 것처럼 숨이 턱 막혀서 나는 창문을 열고 먼 곳에 시선을 두고 있었다. 엄마 마음이 그런 거지. 젊은 선생님은 아직 모를 거야. 그런 말들이 뒤통수를 툭툭 쳤다, 영영 모를 일이긴 했다.

"따님이요, 많이 힘드셨겠어요."

"내가 포목점에서 일 받아 우리 딸을 키웠어. 착했어

52

애가. 딸이 남편이고 친구고 그랬지."

"그러니까요. 딸은 딸이어야지 남편이고 친구면 안 돼요."

말해 놓고 나도 놀랐다. 그렇게 찍어 누르듯 말하려던 건 아니었다. 저러다 틀니가 빠지면 어쩌나 걱정될 정도로 점숙 씨가 오래 입을 다물지 못하고 있었다. 적잖게 놀란 것 같았다. 그게 왜 안 되는 일인가 하고. 옆 자리 은성 씨가 말하듯, 그 맛에 딸 키우는 건데, 하고. 링 위에 나 혼자 딸 대표로 서 있고 13명의 늙었으나 노련하고 실은 저세상 내공인 엄마들이 으르렁거리는 순간, 아이고 모르겠다 심정이 되어서 나는 냅다 소리를 질렀다.

"아, 딸들 힘들어요. 그만 좀 괴롭혀요!"

미정의 눈이 때꾼했다. 잠을 설친 모양이었다. 점숙 씨는 병원을 다녀온 후 줄곧 깊은 잠에 빠져 있다고 했다. 와 줘서 고마워요. 그러면서 미정은 조금 안도하는 듯도 했다. 전날 미정이 어르고 달래도 가위질을 멈추지 않던 점숙 씨가 나와 통화한 지 얼마 되지 않아 선선히 방에 들어가 잠이 들었다고 하니 그럴 만도 했다. 정황상 점숙 씨가 미정을 알아보지 못한 것 같았는데 미정은 통화상으로는 그 점을 부정했다. 나 힘들게 하려고 고집부리는 거예요. 낮에 싫은 소리 한 걸 가지고 참나. 반면 점숙 씨는 내 목소리를 금세 알아챘다. 선생님! 그러고는 한동안 말이 없더니 뭐 하세요, 내가 묻자 천이 좀 남아서, 라고 점숙 씨가 답했다. 늦었는데 그만 주무세요, 했더니 그래야겠다고 일을 너무 많이 해서 피곤하다 했다. 나눈 대화는 그게 전부였다.

"아침에 커튼 보시고는 별말 안 하시고요?"

"엄마 잠든 사이 커튼 떼서 치워 뒀어요."

잘했다는 말 대신 미정의 손을 잠깐 쥐었다 놓았다. 좀 무서웠어요. 미정이 미처 전화상으로는 말하지 못했던, 점숙 씨가 나와 통화하고 방으로 들어가기 전 미정에게 보인 모습은 어쩐지 듣는 것만으로도 그려질 듯 선명해서 마음이 아팠다. 나라면 뭘 할 수 있었을까. 엄마가 나를 알아보지 못한다면. 가위를 꼭 쥔 채 방으로 들어가다 말고 나를 향해 처음 보는 시선을 보낸다면. 그러니까, 돌연 가위 끝을 나에게 겨누고 손을 떠는 여자가 바로 내 엄마라면.

"나는 바로 요양원 보내라. 피차 못 할 짓이야."

엄마는 점숙 씨네 이야기에 두 번 생각할 것도 없다는 듯 말했다. 저렇게 강하게 나올수록 조심해야 한다. 의지를 들여 노력하지 않아도 "필요 없다"는 "네가 알아서 사 주면 하지"로, "신경 쓰지 마라"는 "그렇다고 정말 안쓰면 섭섭하지"로 들릴 만큼은 훈련이 되어 있었다. 엄마들의 이중 화법과 딸들의 자동번역은 비가시적 억압을 끊임없이 환기하는 소모적 기술이다. 그러니 너무 심심해서 오늘은 엄마와 한판 해야겠다가 아니면, 저런 말에 "어, 그럴 생각이었어요"라고 답변해서는 안 된다.

엄마는 남편을, 나는 아빠를 잃은 지 그리 오래되지 않은 시기이기도 했다. 어디에 얼마나 구멍이 났는지 피차 조심스러워서 함부로 뾰족할 수 없었다. 점숙 씨에게 미정이 남편이고 친구였다고 했을 때 유독 내적 반응이 강했던 건 나 역시 그즈음 거부할 새도 없이 같은 역할을 떠안고 있어서였을 것이다. 한시적인 변화일 거라고 생각하면서도 미정 역시 자신이 지금까지 운명의 수레바퀴를 돌리고 있을 줄은 몰랐을 거란 회의도 들었다.

미정과는 여러 조건이 다르긴 했다. 나는 생의 반 이

상을 이미 혼자 살았고, 아빠와의 관계가 좋았다. 그랬다는 건 엄마와의 관계에서 기능적으로나 정서적으로 과도하게 기대하는 바가 없었다는 의미다. 가족 안에서 한 관계가 부재하거나 와해되면 다른 관계의 정서적 부담이 커지기 마련이다. 자기 역사에서 아버지가 존재하지 않았던 미정과 남편이 사라진 점숙 씨는 하나로 묶였다. 안정적이었던 삼각형 구도가 무너지고 엄마와 나, 단둘이만 연결된 일직선이 돌연 화살이 되어 내 배꼽을 관통해버린 것처럼.

있으나 없는 혹은 없으나 있는 남편과 아버지들의 관계적 실패가 모녀 관계의 무의식적 충돌에 영향을 준다는 사실은 거의 알려지지 않았다. 대신 딸들은 오래 바라왔다. 엄마가 행복하면 좋겠어요. 그 바람 안에는 엄마가 딸이 아닌 그 행복에 의지함으로써 더 이상 딸의 죄책감을 자극하지 않았으면 하는 마음이 얼마간 섞여 있지 않던가. 적어도 나는 그랬다. 그리고 미정도.

"딸이 너보다 나이가 많다고 했나?"

"정확히는 모르고 다섯 살쯤?"

"결혼도 안 하고 둘이 쭉 그렇게 살았으면 딸도 엄마 없인 힘들 거야. 네가 말을 잘해 봐. 딸도 준비를 해야지, 그러다 크게 무너진다."

엄마 말에 다른 메시지는 느껴지지 않았다. 당연히 점

숙 씨 편에서 얘기할 줄 알았는데 엄마는 진심으로 미정을 걱정하고 있었다. 그때 딸깍, 하고 그 순간이 왔다. 때때로 어떤 기억들이 재배열되는 순간. 삶이 다시 쓰이는 듯한 그 순간, 새삼스럽게 체화되는 어떤 감정 때문에 갑자기 눈물이 뚝뚝 떨어졌다. 엄마를 잃은 엄마가 바닥을 기어다니며 우는 모습에 놀란 11살의 내가 목 놓아 따라 울었던, 그 딸들의 시간이 후드득 같이 떨어졌다. 이번에는 엄마가 나를 따라 울었다. 어디에 얼마나 구멍이 났는지 서로 살피는 울음인 양 그다지 소리는 없이.

점숙 씨는 요양원에 가지 않았다. 그보다 더 멀리 갔다. 거실 커튼을 가위질하던 그날로부터 두 달쯤 지나서였다. 아침부터 자꾸 가위바위보를 하자고 해서 미정은 청소기를 돌리다가도, 설거지를 하다가도, 소변을 보다가도 가위바위보를 해야 했다. 부러 계속 보를 내는 미정보다 조금 늦게 가위를 내던 점숙 씨가 거듭 "아, 내가 졌네" 했다. 엄마가 이제 이런 규칙도 다 잊어버리는구나 하다가 미정에게도 그 순간이 왔던 것 같다. 기억이 딸깍딸깍, 감정이 뒤늦은 이유를 갖게 되는 순간.

미정에게 처음 가위바위보를 가르쳐 주면서, 걸핏하면 가위바위보 규칙을 엉망으로 만들어 버리면서 점숙씨가 하고 또 했던 이야기가 있었다. 일찍 엄마를 여의고 언니 손에 자란 점숙 씨에게 가위바위보를 처음 가르쳐 준 사람도 언니였다.

"가위바위보 하자. 진 사람이 설거지하기."

점숙 씨가 가위를 내고 언니가 주먹을 냈다.

"점숙이가 이겼네. 언니가 설거지할게."

매번 그런 식이었던 언니 때문에 점숙 씨는 오랫동안 가위바위보의 관계성을 이해하지 못했다. 가위를 내면 이겼다. 가위는 천하무적이었다. 오빠가 언니에게 화를 냈다. 규칙을 멋대로 깨지 마. 언니는 웃기만 했다. 점숙 씨는 어쩐지 언니가 오빠를 이긴 것 같아 기분이 좋았다. 그런 이유로 가위만 내던 버릇은 미정에게 가위바위보를 가르치고 멋대로 규칙을 바꿨다 말았다 할 때까지 남아 있었다. 미정이 그걸 알고 계속 주먹을 내면 눈을 사납게 흘기곤 했던 점숙 씨가 이기고도 졌다, 에이 또 졌다, 한 그날 미정은 내게 전화를 했다.

"엄마가…… 이상해요."

두 달 전과 달리 미정은 울지 않았다.

49재를 며칠 앞두고 미정에게 들렀다. 엄마가 따로 챙겨준 김치와 밑반찬으로 같이 밥을 먹고 과일을 깎아 텔레비전을 봤다. 점숙 씨와 함께 공부한 노인들이 49재에 참석하고 싶다는 연락을 했다고 들었다. 그들이 번갈아 오고 간 덕분에 장례식도 썰렁하지 않았다. 미정은 여기 있지만 아직 여기에 도착하지 않은 얼굴로 물었다.

"그럼 음식을 따로 장만해야 할까요?"

떡과 적당한 답례품을 찾아보자고 내가 검색을 하는 사이, 미정은 안방에서 점숙 씨의 반짇고리와 옷가지들을 들고나왔다. 정리를 하려는 건지, 뭔가를 확인하려는 건지 모를 손놀림이었다. 그 손이 가위를 쥐는가 싶더니 수건으로 가위를 둘둘 말았다. 같이 보낼 건가 물으니 버리려고요, 했다.

"버릴 가위를 그렇게 새 수건에 싸는 사람이 어딨어요?"

미정의 손에서 가위를 받아 들었다. 맥없이 내주는 손, 가위도 못 낼 그 손에 내 손을 포갠 채 한참 있었다. 어쩐지 너무 멀리 온 것 같은 피로감이 그와 나를 동그랗게 감쌌다.

"여기 두 칼날이 교차하는 부분을 고정하는 애, 이름 알아요?"

"사북요."

"이거 아는 사람 잘 없던데. 어떻게 알았어요?"

"엄마한테 들었어요."

사북은 가장 중요한 부분을 비유하는 말이기도 했다. 사북이 잘 고정되어야 두 칼날이 아슬아슬하게 스칠 뿐 서로를 베지 않는다. 우리는, 그러니까 어떤 엄마와 딸은 사북을 잃거나 애초에 갖지 못한 가위의 양날이었던 건 아닐까. 결코 서로를 벨 수 없는 운명이 어긋나 버린 건 그들 탓이 아닐지도 몰랐다. 딸에게 사북을 가르쳐 준 점숙 씨도 누군가의 딸이었으니까.

미정은 점숙 씨가 없는 세상에 그의 남편이나 친구가 아닌 딸로 남았다. 최근 그가 새로운 공부를 시작했고, 넷째 고양이를 입양했다는 소식을 들었다. 고통스러운 분리와 죄책감의 연쇄가 간헐적으로 마음을 옥죄긴 해도 페르세포네이거나 엘렉트라인 세상의 딸들이 으레 그렇듯 미정역시 스스로를 구원하기 위해 기억하고 또 잊을 것이다.

무엇보다 이제 그에게는 의지할 관계가 여럿 있다. 미정을 떠올리면 나는 이런 문장을 쓸 용기가 생긴다.

딸들은 탯줄을 두 번 자른다.

모듬시계

이 야 기 의 시 간

한 계절이 갑자기 팟, 하고 전원이 나가듯 끝난 해의 일이다. 잃기에도 잊기에도 지쳐 며칠 잠만 자다가 일어났더니 그동안 버틴 보람도 없이 일이며 관계에서 강 하류의 퇴적 모래처럼 밀리고 또 밀려나 있었다. 그나마 할 수 있었던 일을 할 수 없게 되었고, 할 수 없던 일은 영영 가망이 없어 보였다. 꽤 절망적이었다고 간단히 써도 되겠지만, 보통 그럴 때는 무력감과 무감각함으로 자신을 보호하려고 애를 쓰기 마련이라 나는 사실 아무것도 느낄 수가 없었다. 그 상태를 30분쯤 더 견디다가 목욕 가방을 챙겼다. 일단 이 느낌 없는 느낌부터 어떻게 해야 할 것 같았다.

미래목욕탕 주인아주머니가 눈인사를 하며 수건을 두 장 내주었다. '1인 1타월'이라고 적힌 빨간색 글씨가 수건이 나오는 구멍 옆으로 선명했다.

"쉬는 날이야? 항상 주말에 오더니."

덕분에 수요일인 걸 알았다. 보통 토요일 이른 아침이나 일요일 나른한 오후에 들러 탕에 몸을 담그고 조금 긴 샤워를 했다. 냉탕 옆 한방사우나실에는 들어갈 엄두를 한 번도 내지 못했다. 가슴 높이 정도에 있는 유리창으로 안을 들여다보기만 해도 숨이 턱 막혔다. 열기도 열기였지만, 저 안은 어떤 권력이 작동하는 세계일 거라는 직감이 들었다. 사우나실 문이 열리고 차례차례 나와 찬물을 몸에 끼얹은 후 냉탕 안으로 쑥 들어가는 50대 이상의 몸들을 보고 있노라면 직감은 확신으로 변했다. 여러 형님이 있었고 더 많은 동생이 있었다. 나는 늘 최대한 구석진 자리를 골라 앉았다. 그날도 그러려고 했는데, 주인집 할머니와 피할 새도 없이 딱 마주치고 말았다.

"여기, 우리 아래층 사는 아가씨."

의지할 데라곤 수건 한 장밖에 없는 상황, 인생 민망함 순위의 상위에 랭크될 만한 순간이었다. 주인집 할머니 손에 이끌려 처음 사우나실에 들어서자마자 자리 잡고 있던 이들의 체온과 열기와 뒤섞인 시선을 맨몸으로 받아 내는 것도 난감한 노릇인데, 주인집 할머니가 어디 상견례 자리에서나 어울릴 법한 차분하고 또랑또랑한 목소리로 나를 소개하는 바람에 얼떨결에 두 손을 다소곳이 앞으로 모은 건 내가 하고도 좀 어이가 없었다. 하나 다행은 사우나실에서 얼굴이 벌게지는 건 특이한 사항이 아니라는 점이었다.

인사를 드렸으니 이만 나가 보겠습니다, 할 수는 없었다. 느낌이 없던 느낌 상태로 돌아가고 싶어졌다. 설상가상으로 뒤이어 들어오는 몸들에 밀려 안쪽에 자리를 잡게 되자 그만 포기가 됐다. 30초쯤 있다가 힘든 표정으로 일어나는 거야. 1, 2, 3…… . 그때 사우나실 한가운데에 앉은 몸이 탁, 하고 모래시계를 뒤집었다. 그 소리로, 정확히는 그 행위로 사우나실의 기류가 달라졌다. 이상한 일이었다. 나 포함 사우나실을 꽉 채운 여덟 명의 시선을 한번에 집중시킨 모래시계의 권력자, 옥상집 형님이라 불리는 그가 모래시계를 뒤집자 무슨 큐 사인을 받은 것처럼 몸들이 차례차례 입을 열기 시작했다.

"그러니까 어제 미미슈퍼 앓아누운 게 그 여자가 다녀가고 나서란 거잖아요, 형님?"

웬만해서는 외면할 수 없는 도입부였다.

마가렛 부인 역시 모래시계를 뒤집을 때는 탁, 하고 소리를 냈다. 티타임 멤버가 조금씩 달라지긴 했지만 6인용 원형테이블은 늘 만석이었다. 그들은 한국어를 배우고 싶어 했고 나는 영어를 쓸 시간이 더 필요했다. 일주일에 세 번 정도 차를 마시면서 대화를 나누면 어떻겠냐고 제안한 건 영국인 집주인이었다. 세 블록 떨어진 곳에 자기 어머니가 혼자 살고 있다면서. 거절할 이유가 없었다. 내가 선뜻 좋다고 하자 집주인은 어머니의 나이가 팔십에 가깝고, 틀니를 끼고 있어 영어 발음은 부정확할 거라고 급하게 덧붙였다. 아, 다른 사람들도? 비슷한 나이지.

틀니도? 응. 그걸 왜 이제 말해, 라는 말은 삼켰다. 나이와 틀니를 이유로 이미 좋다고 한 걸 취소할 수는 없었다.

첫 모임에서는 그들 대화의 반 이상을 알아듣지 못했다. 내가 좀 애매한 표정을 짓고 있었는지, 처음에는 서너 번 반복해서 말해 주더니 그들은 곧 나를 잊고 그들만의 일상적 대화로 빠져들었다. 들리는 건 들리는 것대로, 또 놓치는 건 놓치는 것대로 신경이 쓰여서 바짝 긴장하고 있다가 따뜻한 차가 들어가자 슬슬 졸음이 몰려왔다. 졸음을 쫓아 보려고 만지작거리기 시작한 게 모래시계였다. 차를 우려내는 중이라는 건 아예 잊고 모래시계를 멋대로 뒤집고 다시 뒤집고 계속 뒤집는 내 손을 마가렛 부인이 슬며시 잡으며 제지했다.

"차를 우려내는 동안 시간의 권력은 차를 내는 사람이 갖는 거예요."

그 말은 분명히 알아들을 수 있었다. 동서양을 막론하고 젊은이를 타이를 때 노인의 발음은 또박또박해진다. 아, 미안해요. 다른 노인들까지 합세해 괜찮다고, 사과하지 않아도 된다고 나를 안심시키느라 잠시 내게 몰렸던 시선은 뒤늦게 도착한 노인이 들고 온 애플 크럼블로 이동했다. 바닐라 아이스크림을 얹은 따뜻한 애플 크럼블 파이, 정말 맛있었는데!

그들 사이에 오가는 말들을 얼기설기 이해하게 된 건

네 번째 모임부터였다. 전쟁을 겪은 영국 화이트 70대 여성노인들이라고 그들을 한정하기에는 무리가 있었지만 첫 모임이 끝난 후 나는 그렇게 기록했다. 모임이 거듭될수록 그들은 내 메모를 비웃듯이 그 조건들을 빠져나갔다. 무엇보다 그들의 시간은 그들이 들려주는 이야기를 통해 가능한 과거들과 미래들로 뻗어 나가고 있었다. 오히려 이렇게 말할 수도 있겠다. 그들의 이야기는 직선의, 인과적인, 정량화된 시간선상에 있지 않다고. 처음에는 그게 너무 이상했다. 툭툭 주고받는 짧은 대화만 해도 이런 식이었다.

"시간이 별로 없다고 몇 번을 말해. 앤 여왕 시절부터 말했잖아, 내가."

(과장법을 쓴 농담. 앤 여왕은 17세기 사람임.)

"너무 어릴 때 어머니를 잃은 딸은 평생 향수에 시달린다잖아."

(갑자기? 앤 여왕은 어릴 때 어머니를 여읨.)

"그녀는 자식들도 모두 잃었어. 마가렛 당신 말이 맞아. 우린 시간이 별로 없어."

(아, 그래도 대화 시작점으로 다시…)

"향긋한 차를 마실 시간도 부족하지, 아, 그만 조지아가 떠올라서 슬퍼지네. 차 더 마실래?"

(조지아는 또 누구?)

마가렛 부인이 찻주전자에 찻잎을 추가로 넣고 끓는 물을 붓고 모래시계를 탁, 뒤집을 때까지 그들의 대화는 세기와 대륙을 가볍게 넘으며 이어졌다. 아, 조지아는 세 달 전 세상을 떠난 마가렛 부인의 반려견이었다.

한방사우나실의 모래시계가 한 번 더 탁, 하고 뒤집혔다. 아래가 위로, 위가 아래로 3분의 전복이었다. 3분은 고사하고 30초도 버티지 못할 것 같던 내가 아직 여기 있다는 게 스스로도 놀라웠다. 순전히 이야기 때문이었다. 목욕탕 고정 멤버인 옥상집 형님과 다섯 동생들이 주고받는 이야기에 정신이 팔려 모래가 그만큼 흐른 줄도 몰랐다. 그들끼리는 이미 예고편과 사전제작본과 구체적인 등장인물이 공유된 상태였으므로 초면인 나에게는 생략과 압축이 많은 불친절한 서사이긴 했다. 그 점이 또 추측과 상상, 이야기 엮기라는 능동적 행위를 시도하도록 이끄는 게 아니겠는가. 미미슈퍼에 찾아온 그녀가 누구인지만 듣고 나가자 했다. 그런데 이 형님 동생님들도 영국 티타임 멤버들처럼 기승전결이 없었다.

"나도 그런 적 있었잖아. 첫째 낳고 한창 우울한데 웬

여자가 남편 동창이라면서 전화를 해서……."

"이따 집에 가면서 미미슈퍼 들러 볼 사람? 형님 가면 나도 가고요."

"그 장르 아니야. 애비가 사고 친 걸 미미슈퍼가 떠안게 된 건데. 옛날에야 흔한 일이었어도 요즘 시대에 무슨 그런 일이 있나 몰라. 오늘은 쉬라고 두고 내일 가 보는 게 낫겠죠, 형님?"

그래서 미미슈퍼에 찾아온 여자가 누구냐고요! 결국 중요한 정보가 담긴 책의 마지막 페이지를 남겨 놓은 기분으로 사우나실을 나왔다. 사우나실 밖에 걸린 시계가 멈춘 게 아닌가 잠깐 의심했다. 30분은 거뜬히 지난 줄 알았다. 현실은 고작 몇 분이 흘렀을 뿐이었다. 나보다 먼저 나갔던 주인집 할머니가 요구르트에 빨대를 꽂아 내밀었다. 사우나실에서의 처음 기분 같아서는 요구르트 정도로 화해는 어림없어요, 였지만 아무 느낌 없는 느낌에서 벗어나는 데 본의 아니게 일조하신 걸로 내적 합의를 봤다.

할머니와 나란히 요구르트를 마시는 그 잠깐 사이, 사우나실에서 나온 형님 동생들이 냉탕으로 향했다. 벌써 3분이 지났다고? 나는 잠깐 갈등했다. 몸을 식히고 한 번 더 사우나실에 들어갈까 말까를 두고. 이번에는 시간 때문이었다. 모래시계의 시간. 그 시간에 교차하던 사우나실 안 여성들의 과거, 경험, 이야기 때문이기도 했다. 어쩌면 시간은 그들의 대화처럼 엉키고 뒤죽박죽일 수밖에 없는 게 아닐까. 그런 것을 자꾸 정량화해 과거현재미래 일렬로 두려니 삶이 휘고 아픈 게 당연한 건가.

크리스테바는 《여성의 시간Le temps des femmes》에서 '아버지의 시간, 어머니의 종족'이라는 제임스 조이스의 말을 빌려 시간을 경험하는 젠더적 차이를 언급한다. 역사, 진보, 생산의 주체였던 남성과 종족 잉태의 공간으로 치부되었던 여성이 체험하고 이해한 시간은 다를 수밖에 없었다. 아버지의 시간에 편입되길 희망했던 초기 여성주의 운동 이후로 연속적이고 선형적인 시간성 자체를 거부하고 그 시간 바깥에 여성을 위치시키려는 시도들이 있었다. 리타 펠스키가 지적했듯 한편으로는 여성의 시간성에 부여된 구원, 자연, 순환, 연속성의 이미지는 근대화 기획과 무관하지 않았다. 직선의 시간을 위로할 곡선의 시간으로 이상화된 여성의 시간은 여성에게 이중 억압으로 작용했다. 그러므로 되찾아야 할 건 남성과는 다른 시간의 체험들이 이루는 여성의 시간이다. 지배적인 시간에서 배제되어 온 여성들에게 새로운 시간의 가능성은 그 체험의 서사에 있다. 타인의 시간과 나의 시간이 교차하고 동요하고 파장을 일으키는 이야기의 시간. 그것이 곧 여성의 시간이었다. 몇 시 몇 분 대신 그 동요와 파장을 가시화하는 모래시계 속 모래가 실은 자연 모래가 아니라 입자 크기를 일정하게 맞춘 합성 규사라는 건 얼마 전에 알았다. 그러니까, 모래시계의 모래도 자연 모래가 아니고, 여성의 시간도 자연-모성의 시간이 아니다.

그날 나는 사우나실에 다시 들어가지 못했다. 대신 탈의실에서 옥상집 형님에게 커피를 얻어 마시면서 은근한 자식 자랑과 본인 인기 자랑, 주식 투자 현황, 최근 배우기 시작했다는 피아노 선생님 근황까지를 듣고 나서야 미미슈퍼 이야기를 연결해 들을 수 있었다.

"배다른 자매가 찾아왔다더라고. 그냥도 놀랠 노자인데 몸이 많이 아픈 모양이야. 미미슈퍼 개가 마음이 약해서 내치지도 못하고 핏줄로 떠안게 생겼어."

"형님은 시누이를 아직도 데리고 살면서 누구 맘 약한 걸 속상해하시나."

"자네나 돈 더 뜯기지 말고 주머니 여며."

마치 모든 사건이 소통하는 듯 이야기가 축조되고 있었다. 그들의 이야기가 그들의 역사였다. 문득 강 하류의 퇴적 모래처럼 사는 것도 나쁘지 않겠다는 생각이 들었다. 감각이 돌아오고 있었다. 앞으로도 여성의 시간은 때

때로 솟아올랐다가 곤두박질치고 멋대로 뒤엉키거나 수
많은 과거와 미래로 뻗어 나가기도 할 것이다. 그 시간들
이 이야기로 연결되며 우리를 회복시킬 터였다.

　티타임 노인들은 자주 시간의 얼굴을 하고 꿈에 나타
난다. 그들 대부분이 지금은 세상에 없으니 그건 죽음의
얼굴이기도 하다. 조지아가 마중을 나왔으려나? 이미 이
야기가 된 기억들. 엘렌 식수도 쓰지 않았나. "여자는 자
기 역사를 이야기 속에 끌고 다닌다"고.

단 추 — — — — —

불안을 여미는 방식

마을 입구에서 우리는 길을 잃었다. 긴 오르막길 끝에 겨우 평지를 만나 숨을 돌리나 했더니 부채꼴 모양으로 펼쳐진 집과 길과 계단이 산처럼 우뚝 앞을 막아섰다. 몇 개의 마을이 부챗살을 나누어 가지며 잇닿아 있는 풍경이었다. 여기가 마을들의 공동 입구는 맞는 것 같은데, 우리가 가려는 마을이 어느 쪽인지 감이 오지 않았다. 입구라고는 해도 시멘트벽에 우둘투둘 마을 이름 몇 개가 적힌 게 전부였다. 거기에서 시작되는 계단길이 세 방향으로 휘어져 자취를 감추었고 그 위로는 하늘이 손에 잡힐 듯 또랑또랑 파랬다.

사진작가 P는 지도앱을 곰곰 들여다보더니 70퍼센트 정도 확신에 찬 목소리로 여기가 맞아요, 했다. 그의 성격상 70퍼센트면 절대로 맞는다는 말이었지만 그건 나도 어렵지 않게 알 수 있었다. 하얀 페인트가 흘러 남긴 흔적처럼 '구름마을'이란 네 글자가 벽에 남아 있었다.

"그런데 어느 쪽 계단일까요?"

그는 말없이 다시 지도앱을 열었다. 세 번째 걸음이라고 하지 않았냐고, 나는 채근하고 싶은 걸 참았다. 지도에서 구름마을은 부채의 왼쪽에 있었다. 그럼 왼쪽 계단으로 올라가면 되려나, 하고 시선에 힘을 주려는데 그 옆 계단에서 갑자기 누군가 나타났다. 동시에 P의 표정이 달라졌다. 마을 예술사업에 참여하고 있는 회화작가 K였다.

그는 P의 등을 툭툭 치는 것으로 인사를 대신했다. P가 나를 K에게 간단히 소개했고, 그와 나는 서로를 향해 입술을 끌어올리며 웃었다.

"하마터면 왼쪽 계단으로 올라갈 뻔했어요."

"여긴 열 번을 와도 헷갈려요."

"구름방에 다들 모여 계신가요?"

"그렇기는 한데 요 며칠 뭘 찾으신다고 좀 어수선해요."

앞선 K를 따라 10분 정도 굽이굽이 계단을 오르자 뜻밖에 넓은 평지가 나타났다. 낮고 작은 집들이 평지를 둘러싼 모양이 어쩐지 다정해 보였다. 벽화가 그려진 담벼락 말고도 프로젝트가 진행된 흔적이 여기저기 보였다. 파란 담장 한가운데 적힌 하얀색 글씨가 하늘과 구름처럼 잘 어울렸다. 마을의 최고령자인 90세 노인의 말을 기록한 거라는 소개에도 내 시선은 조금 더 위에 머물렀다. 카메라를 든 P의 움직임이 바빠졌다. 하늘이 아까보다 더 가까워져 있었다. 구름도 마찬가지였다. 왜 구름마을인지 알 것 같았다. 구름 바로 아래에서 개들이 경중경중 저들끼리 장난을 치며 뛰었다. 평지는 그들 차지였다.

그제야 나는 근래 사나워진 마음을 알아보았다. 화와 슬픔은 자주 혼동되었다. 왜 자꾸 화가 나나 했지만 실은 슬펐던 거였다. 15년의 인연이 세상을 떠난 지 한 달, 너석이 먹던 사료나 간식, 옷과 산책줄이 함께 머물던 공간에 아직 그대로 남아 있었다. 사는 일이 자꾸 미안한 일이 되었다. 그러다 이런 곳에 오게 되었네. 나는 몽실한 구름이 손에 닿을 듯 가까운 마을 한가운데 서서 바닥에 신발 밑창을 쓱쓱 문질렀다. 연신 뾰족해질 구실을 찾는 마음의 모서리를 가는 것처럼.

"뭘 찾는데 그래요?"
"중요한 거래."
"중요한 거면 찾아야지."
"그런 걸 왜 여기 뒀대?"
아무도 대답은 하지 않고, 앉은 채로 동그란 몸을 스르륵 움직여 무언가를 찾던 노인 넷이 우리의 인사에 고개를 쓰윽 들었다. 그 모습이 송이버섯들 같았다. 너무 검어 어색한 염색 머리 때문에 더 그렇게 보였다. 그중 우리가 다가가도 아랑곳하지 않고 무언가를 눈으로 찾고 있는 노인을 K가 소개했다. 파란 담장의 그 글귀요. 아! 날카로운 눈매와 앙다문 입술이 인상적인 마을의 최고령자, 정순 씨였다. 안녕하세요. 노인은 내 인사에 말없이

손을 위로 들었다 내릴 뿐이었다. K의 말에 대꾸하는 것
도 다른 노인들이었다.

"오늘도 못 찾으셨어요? 벌써 며칠째래?"

"그 덕에 우리가 매일 여기 모여서 이러고 있네."

뭘 찾으시냐고 내가 묻자 마치 그건 전혀 중요한 문제
가 아니라는 듯 노인들은 대꾸 없이 아랫목으로 스르륵
모였다. 부엌에 있던 노인들까지 모이길 기다려 열 명 남
짓 앞에서 K는 나를 모 재단의 지원을 받는 마을 예술사업
관련 인터뷰 때문에 온 사람이라고 소개했다. 서울에서 뭐
할라고 여기까지 왔느냐, 늙은이들 보러 여기까지 왔냐,
이른 아침부터 고생했겠다 등 쉴 새 없이 이어지는 노인들
의 인사말 끝에는 늘 그렇듯 이런 질문이 따라왔다.

"밥은?"

그러고 보니 배가 고픈 것도 같았다. 정오를 막 지났
고, K는 아침도 못 먹었다고 너스레를 떨었다. 부엌에
서 나왔던 노인들이 다시 부엌으로 향했다. 문이 열리
고 김장철에나 쓰는 커다란 고무 함지에서 비벼지기 직
전의 대량 비빔밥이 눈에 들어왔다. 원래는 이른 아침 먹
고 아침드라마를 보거나, 저녁 후 바느질과 뜨개질을 하
려고 삼삼오오 모이는 게 전부였다고 했다. 마을회관 격
인 구름방에 지금처럼 노인들이 집에서 각자 하나씩 담
당해 만들어 온 나물들을 한꺼번에 넣어 점심을 공동으

로 해결하는 일명, '비빔밥 구름 회동'이 시작된 건 정순 씨 때문이었다. 하루에 꼭 필요한 말만, 그것도 같이 사는 개, '수명이'에게만 한다는 정순 씨의 한마디, "중요한 건데……"가 노인들을 매일 구름방에 모이게끔 했다.

각자의 집에서 가져온 자질구레한 살림들과 잡동사니로 채워진 그곳에서 노인들은 아주 느릿느릿 앉은 자세로 움직이며 무언가를 함께 찾다가 누군가 내일은 비빔밥이나 해 먹을까 했고, 오늘 콩나물 무친 거 남았다고 한 명이 대꾸하면, 내가 무생채 무쳐 올게, 또 다른 노인이 말을 받았다, 시금치도 넣어야지. 달걀 프라이는 여기서 하는 게 낫겠지? 참기름은 미선네 것이 좋아. 그런 식으로 착착 재료가 모였다. 고구마 줄기 넣으면 더 맛있지, 가지볶음도 같이 비비면 더 맛있지 하며 매일 점점 재료가 풍성한 비빔밥이 만들어졌다. 열흘이 지나도록 정순 씨의 중요한 무언가는 나타나지 않았다. 열 번째 비빔밥에는 박나물이 추가로 들어갔다.

P와 나는 6인상 구석에 앉아 구름방의 열한 번째 비빔밥을 점심으로 받았다. 평소 맛보기 힘든 깻잎양념찜이 반찬으로 놓였다. 사업단의 작가들 몇몇도 어느새 군데군데 섞여 있었다. 내가 받은 밥그릇 위에 올라간 계란 노른자를 보고 P가 웃었다. 처음 온 손님이라고 대접하시는가 보네. 할머니들 귀엽죠? 귀엽다 하거나 말거나 옆 노

인들은 부추를 넣길 잘했다 아니다를 두고 말이 오가느라 바빴다. 비빔밥은 정말 맛있었다. 첫술에 놀라서 고개를 들던 나와 맞은편 노인이 눈이 마주쳤다. 구름마을 예술사업의 마을 쪽 실무자인 혜옥 씨였다.

"우리 마을이 뭘 먹이는 데는 옛날부터 유명했어."

하늘 가까이에서 늙다 죽을 노인들만 겨우 몇 집을 지키고 있던 마을이었다고 했다. 근처에 공장이 여럿 굴뚝을 세우는가 싶더니 어린 여성노동자들이 하나둘 마을에 짐을 풀었다. 가로등을 새로 여러 개 설치한 것처럼 갑자기 마을이 훤하고 따뜻해졌다. 그 시절에 혼자 살던 노인들이 어린 여성노동자들을 먹이려고 음식을 하고 함께 나누던 바로 그 장소가 여기 구름방이라며 혜옥 씨가 방바닥을 손바닥으로 툭툭 쳤다. 공장들이 연속 부도로 문을 닫으면서 재잘재잘 꿈 많던 젊은 여성들이 모두 울며 마을을 떠나는 걸 보는 게 마음 아팠다고도 했다.

"그런 다음엔 무덤 속 같아졌지. 구름마을은 무슨, 먹구름 마을이 되어 버렸어."

그때 그 여성노동자들처럼 마을에 들어온 사업단의 젊은 예술가들이 마냥 예쁘면서도, 또한 그들처럼 언제고 떠날 걸 알아서 내심 정 주기가 무섭다고, 늙으면 이런 게 제일 무섭다고 혜옥 씨는 좀 떨어져 앉은 예술가들을 의식한 듯 크게 말했다. 그중 한 명이 뭘 들었는지 물었다.

"네? 어르신 뭐가 무섭다고요?"

"으응. 만나고 헤어지는 거. 그게 제일 무섭지."

그 말을 두 번 듣는 셈인 나는 어쩐지 얹힐 것 같은 기분이 들었다. 물을 가지러 일어서는데 갑자기 아랫목 자리가 어수선해졌다.

"아니, 이걸 그렇게 찾은 거였어요?"

"열흘 넘게 고생한 게 겨우 이거 때문이라고?"

"이 형님 이제 다 살았네, 노망이네 노망이야."

다른 노인들까지 합세해서 한마디씩 거드는 통에 정작 열흘 내내 찾던 중요한 그게 무엇인지 한참이 지나도 알 수가 없었다. 조금 진정된 기미를 틈타 겨우 보았다. 정순 씨 앞에 놓인 커다란 단추 하나를. 보석이라도 박혔나 했다. 아무리 봐도 흔한 플라스틱 갈색 단추였다.

"그거네 그거. 수명이 겨울옷 단추네."

"온 마을 늙은이들 총출동해서 열흘 내내 개 식구 겨울옷 단추 찾은 거야?"

"수명이가 사람 나이로는 자네보다 어른이네."

"잘 찾아드렸네 그러면. 개나 사람이나 늙으면 추위가 저승사자지."

그러고는 언제 어이가 없고, 노망 운운했냐는 듯 웃어버리는 노인들 사이에서 나만 눈물이 고였다. 정순 씨가 느릿느릿 마루로 나가자 마르고 윤기 없는 개 한 마리가

옆에 와 가만가만 꼬리를 흔들었다. 수명이 길어라 해서
수명이. 정순 씨가 한복을 수선해 만든 듯한 색동조끼를
입고 있는 수명이. 정순 씨 말을 유일하게 들을 수 있는
수명이. 정말로 정순 씨는 수명이에게만 딱 한마디 했다.

"찾았다. 가자."

아, 인터뷰! 떠올렸을 때는 이미 정순 씨와 수명이의 뒷모
습이 시야에서 사라진 뒤였다. 필요하면 연락해 보겠다
는 K에게 괜찮다고 했다. 내가 수명이가 아닌 바에야 정
순 씨의 말을 들을 수 있을 것 같지 않았다. 내게 말을 하
지 않았으면 하는 바람도 있었다. 왜 그런 바람이 생겼는
지 모르겠다. 앞으로도 정순 씨의 말을 들을 수 있는 건
오직 수명이뿐이었으면 좋겠다고 나는 바랐다. 그러는
동안 구름방에 남은 사람들은 단추 하나로 만들어진 열
하루의 시간을 더듬고 있었다. P가 흡족한 표정으로 내게
카메라를 내밀었다. 화면에 정순 씨와 수명이의 뒷모습
이 보였다. 둘의 그림자까지도 한 쌍으로 잡힌 사진이었
다. 내가 물었다.

"어쩐지 단추 수프 이야기의 다른 버전 같지 않아요?"

"아, 세상에! 수프 대신 비빔밥인 거였네요."

"전 비빔밥 쪽이 더 좋네요."

"저도요, 저도요."

단추 수프 이야기에서 수프를 끓이는 이는 이런저런 게 있으면 더 맛있는 수프를 먹을 수 있다고 사람들을 현혹하지만, 정순 씨는 말 한마디 하지 않고 노인들이 온갖 비빔밥 재료를 알아서 들고 모이게 했다는 점에서 진정한 고수였다고 할까. 그러다가 이런 생각도 들었다. 애초에 그건 단 한 명이 떠올린 묘책이나 지혜가 중심이 될 이야기가 아닐지도 모른다. 전면에 드러나지 않지만 단추 수프 이야기에서 중요한 건 더 맛있는 수프를 여러 명에게 먹이고 싶어서 재료를 들고 오는 마음일지 모르고, 단추 비빔밥 이야기의 핵심은 다양한 재료를 넣은 비빔밥을 먹이고 나누고자 했던 여러 명의 그 마음들이 만든 열하루의 축제 같은 시간이었을지 모른다는.

다른 점이 있긴 하다. 단추 수프의 단추가 결국 어떻게 되었는지는 모르겠지만 단추 비빔밥의 그 단추는 17년째 세상을 살고 있는 노견의 겨울옷에 다시 달렸다. 어떻게 아냐고? 그해 겨울 두 사람의 앞모습을 찍은 사진을 P가 보내 줬으니까. 저도 만나고 헤어지는 게 제일 무서워요. 사진을 보고 그 말을 하지 못했던 순간이 떠올랐다.

구름마을 노인들이 뜨개질과 바느질로 모은 돈을 장

학금으로 기부해 온 내용을 끝으로 인터뷰는 마무리되었다. 지속적으로 기부를 해 온 이유는 그냥. 그게 답의 전부였다. 그들이 아직 잊지 못하는, 울면서 마을을 떠났다는 여공들이 떠올랐지만 더는 묻지 않았다. 긴 인사와 웃음을 뒤로 하고 얼마 걷지 않아, 마을에 들어올 때는 일별하고 말았던 벽화 속 글귀가 벽을 벗어나 성큼 내게 다가왔다. 결국 직접 듣지는 못한 정순 씨의 말이었다.

부족함 속에서도
나누며 살아야 해.
그게 내 평생의 경험으로
느끼고 배운 거야.

구름 가까이 위로 더 위로 올랐다가 인간을 떠받들고 있는 가장 낮고 불변하는 마음의 본체를 목격해 버렸네, 하고 아래로 또 아래로 내려오면서 생각했다. 그리고 몇 년이 흘렀을까. 안나 칭의 《세상 끝의 버섯The Mushroom at the End of the World》[3] 속 다양한 생의 얽힘과 그 얽힘으로 생존하는 송이버섯에 대해 읽으면서 내가 한참 올랐던 그 계단 끝의 마을과 버섯 같던 노인들이 떠오른 건 우연이 아니었다. 구름과 마을을 떠난 여성들과 늙은 개가 활짝 열린 '잠재적 공유지'를 형성하고 있던 그곳에 나는 나의 죽은 개를 비로소 묻고 온 것 같았다. 요즘도 어쩌다 비빔밥을 먹을 때면 내게 있을지도 모르는 어떤 힘이나 마음을 모으는 단추처럼 그들을 떠올린다. 몸을 낮추고 누군가의 중요한 무언가를 함께 찾던 노인들을.

돌 ― ― ― ― ―

아 무 리 울 어 도 깨 지 지 않 는

네가 있어 내가 있다.

처음 이 문장을 내게 가르쳐 준 사람은 케디였다. 팔로 산토 향이 나던 머리카락, 그 길이와 키가 거의 동일했던 인도네시아 여자. 어머니의 긴 기도 속에 항상 등장했던 그 문장은 어머니인 양 떠올리다가 어머니인 양 도리질하게 되는 의미가 되었다고 했다. 케디는 이 모든 말을 영어로 하면서 어머니만 한국어로 발음했다. 내가 물었다.

"엄마가 아니라 어머니?"

"둘이 뭐가 달라요?"

쉽게 설명할 수 있을 것 같았는데 잠깐 멍해졌다. 한국에 온 지 고작 3개월 된 외국인 여성이 단박에 알아들을 만한 예시가 바로 떠오르지 않았다. 케디를 글쓰기 수업에 데려온 순심 씨가 끼어들었다.

"네가 맨날 보고 싶다고 울잖아. 그짝에 있는 사람은 엄마. 나는 어머니."

반박할 수 없는 설명을 듣고 내가 당황하는 사이, 케디는 무슨 말인지 알아들었다는 환한 표정과 왜 이런 슬픈 말을 내가 듣고 있어야 하는 거지, 하는 표정 사이를 빠르게 오갔다. 나중에야 알았지만 인도네시아에서도 엄마와 어머니 즉, 마마(mama)와 이부(ibu)를 필요할 때 구분해 쓴다. 어쨌든 그 짧은 대화로 케디와 순심 씨 사이를 짐작할 수 있는 단서가 주어졌다. 나는 한동안 짐작 없이 그들 사이에 가만히 서 있기로 했다.

내게 익숙한 서사로 타인의 삶을 구성하는 것이 얼마나 폭력적인지는 여성노인들을 만나면서 매번 뒤통수를 후려 맞듯 배웠다. 그런 일들에 부쩍 지쳐 있기도 했다. 왜 결혼을 안 하냐는 질문에 말없이 허공을 한번 응시하고 대답 없이 넘어가면, 다음 날 여러 버전으로 사연 있는 여자가 되어 있다거나 하는. 마지막 버전이 내가 감옥에 있는 약혼자의 옥바라지를 하고 있다는 거였던가. 아니 내가 '한국 여성'이라는 수감자인데 무슨. 소통이 가능하고 해도 말이라는 것 자체가 감옥이니, 한국어가 서툰 케디에게는 모든 상황이 혼란이었을 것이다. 그러면서도 빨리 선택하고 믿고 두 발에 힘을 줘야 살아남을 수 있었다. 내가 겪었던 낯선 땅, 나를 자꾸 내다 버리던 언어, 아슬아슬했던 타인들이 떠올랐다. 이제 내가 그녀에게 아슬아슬한 타인이었다. 네가 있어 내가 있다. 나는 이 문장을 인간의 존재 방식으로 이해했다. 나는 너의 타인으로 어떻게 살아야 할까를 평생 물어야 하는.

남쪽으로 한참 내려와 강아지풀 아른거리는 창가에

서 그런 생각을 하게 될 줄은 아예 몰랐다. 불과 몇 시간 전, 기차 안에서 2주 차 강의 노트를 넘기다 졸다 할 때까지만 해도. 혼자 왔던 순심 씨를 비롯해 첫 시간 참여자들은 모두 여성노인들이었다. 나는 그들과 메두사 신화에 대해 나눌 계획이었다. 프로이트는 〈메두사의 머리Das Medusenhaupt〉[4]에서 메두사의 뱀 머리를 여성의 성기로, 그걸 본 이들이 눈이 머는 현상을 거세공포의 상징으로 분석했다. 참 한결같은 사람. 엘렌 식수도 동의할 것이다. 식수는 《메두사의 웃음》에서 프로이트의 글을 재분석하며 메두사 신화 자체가 여성의 성과 생명력을 주체적으로 표현하지 못하도록 한 이데올로기적 기제를 상징하고 있다고 반박한다. '꽃뱀' 망상의 역사가 꽤 길었던 셈이다. 아니, 메두사에게도 취향이라는 게 있을 텐데? 너무 놀라지 않았으면 좋겠다. 여자에게도 그런 게 있다. 내 오랜 타인을, 취소하기 힘든 마음이 오갈 대상을 선택하는 데 있어 각자 중요한 기준이라는 게. 그 기준이 여성에게 있다는 사실이 곧 남성 권위에 대한 큰 도전으로 받아들여지는 건 지금도 마찬가지이다.

주체적 여성을 향한 불안이 무참한 처벌과 응징으로 이어진 역사 또한 유구하다. 메두사는 신화 속에서 욕망하는 여성으로 저주받는다. 여성이 무언가를 원하면 그동안 여성에게 무관심했던 세계의 모든 팔이 갑자기 여성의 사지를 붙든다. 그렇지 않나요? 물을 타이밍에 순심 씨가 기막히게 끼어들었다.

"그러니까 서양에서 돌 만드는 여자 이야기이구먼."

"용하네. 돌을 줍거나 쌓기만 했지, 만들 생각은 못했는데."

"아무나 막 돌로 만들면 그것도 곤란하지."

"왜 접때 미선 형님네서 돌판에 고기 구우니까 안 좋든가."

메두사가 돌 만드는 서양 여자가 된 현장에서 나는 머리카락이 다 뱀이 되어도 모를 정도로 정신 놓고 웃다가 유일하게 웃지 못하고 있는 한 사람과 눈이 마주쳤다. 케디였다.

"메두사 알아요? 왜 머리카락이 다 뱀인 신화 속의……"

케디의 표정이 일순 밝아졌다. 알아요, 알아요 하는 눈빛인 줄 알았는데 실은 "드디어 나도 영어로 말을 할 수 있겠구나!"였다고 후에 들었다. 같이 가서 듣다 보면 한국말이 트일 거라고 케디의 손을 무작정 끌고 온 순심 씨의 바람과는 달리, 덕분에 한동안 쓸 일 없던 내 영어가 트였다. 한국말 가르쳐 달라고 데리고 왔더니 못 알아들을 말로 자기들끼리만 떠든다고 퉁을 줄 만도 한데 80세 순심 씨는 우리의 대화를 묵묵히 듣고만 있었다. 꼭 케디

옆에 앉아 케디 손을 잡고. 그러다가 가불가불 조는 일이 많아서 먼저 가 보셔도 된다고 케디와 내가 번갈아 권해도 고개를 젓기만 했다. 그런 순심 씨를 케디가 물음표 많은 눈으로 한 번씩 바라봤다.

"어머니와 뒷산에 올라갈 때가 제일 좋아요. 내가 살던 곳에도 바다를 내려다볼 수 있는 언덕이 있는데, 어렸을 때부터 엄마와 자주 갔어요. 거기 바다를 향해 서 있는 석상에 내려오는 유명한 전설이 있어요."

매주 지역에서 회관의 노인들과 함께 진행한 글쓰기 수업은 회를 거듭할수록 도무지 어디로 흘러갈지 짐작하기 어려워졌다. 그게 너무 좋았다. 수업이 끝나고 보내는 케디와의 시간도 즐거웠다. 이야기하느라 막차를 두 번 놓치기도 했다. 케디에 대해 자연스럽게 알게 된 사실을 순심 씨에게 몰래 전한 적도 있다. 가령, 케디는 돼지고기를 먹지 않는다거나 몇 가지 음식이 케디 입에 맞지 않아 힘든 것 같다거나 하는 말들이었다.

"어쩐지 젓가락만 빨고 있더라만. 왜 말을 안 하고 큰 눈만 도르륵 도르륵. 짠하게."

순심 씨는 짠하다는 말을 참 찐하게도 했다. 두 번째로 막차를 놓친 날이었다. 숙소를 잡는 대신 나는 한 손은 케디, 다른 한 손은 순심 씨에게 잡혀서 그들 집으로 향했다. 집에 다른 식구는 없었다. 셋이 안방에 나란히 누웠다. 낯선 잠자리에서는 잠을 설치는 편이라고 말한 게 무색할 정도로 몸을 눕히자마자 졸음이 쏟아졌다. 졸면서 어떤 말들은 통역하고 어떤 말들은 주머니에 넣었다. 한국말 엄마와 어머니를 구별하게 된 케디가 자기 딴에는 고마운 마음을 전하고 싶어 순심 씨에게 엄마, 라고 했다가 그러지 말라는 말을 들었다고 했다. 저쪽 엄마가 알면 서운해한다는 이유로. 엄마, 하고 울 수 있는 사람은 저쪽에 하나 있는 게 좋다고. 직접 들었다면 더 찐하고 짠했을 말을 케디가 어찌어찌 알아듣고 내게 전하고 나는 순심 씨의 어투를 상상해 채우면서 삼자 대화는 지나치게 잘 이루어졌다.

다음 날 아침을 두둑하게 먹고 케디가 좋아하는 뒷산에 함께 올랐다. 순심 씨 뒤를 케디가 따랐다. 그 뒤를 내가 망설이다가 이었다. 집에서 멀어지면서 뒤늦게 집 안 어디에도 다른 식구의 흔적이 없었다는 게 떠올랐다. 둘은, 둘만 살고 있는 것 같았다. 높고 낮은 돌탑이 쌓인 바위 앞에서 둘이 멈춰 서는 걸 보면서 나는 그들이 자매 같다고 느꼈다. 둘이 한집에 살게 된 전후 사정이 이상하게 궁금하지가 않았다. 돌탑 앞에서 순심 씨는 옛날에 산에서 돌을 깰 때 지내던 산신제 이야기를 하고, 나는 그걸 케디에게 "돼지머리와 삼색과일과 북어 같은 걸 놓고 기도했대요"라며 통역 가능한 만큼 전달하고, 케디가 달라진 눈빛으로 자기 고향 집 언덕 위 석상의 전설로 대꾸하면 나는 다시 순심 씨에게 또 할 수 있는 한 전달했다.

케디 세계의 전설에 따르면 석상은 노예로 팔려 간 연인을 기다리던, 이름 없는 여자였다. 매일의 기다림과 체념만큼 머리카락이 자라나 바람이 되고 뱃길을 감추게 되자, 연인이 돌아오는 모습이 가장 잘 보일 장소에 여자의 거처를 마련하고 마을 사람들이 매일 돌아가며 여자의 머리카락을 잘랐다. 옛날에도 지금도 돌아오는 이는 드물다. 재회는 없었고 여자는 그 자리에서 돌이 되었다는 이야기. 석상의 머리 길이가 케디처럼 바닥에 닿을 정도여서 얼핏 보면 뱀 같고 움직이는 듯 보인다는 표현이 흥미로웠다.

"그 뱀 머리 옆에 돌을 놓고 점을 쳐요. 그 돌이 다음 날에도 그 자리에 그대로 있으면 기다리던 사람이 돌아온다고 했어요."

살아간다는 건 그렇듯 계속 바라게 되는 일이어서 피곤한 건지도 모르겠다. 돌이 된 여자의 기다림과 체념의 순환적인 힘을 빌려서라도 딱 한 번 재회하고 싶은 사람이 내게도 있었다. 그 정도의 힘이 필요한 재회면 둘은 닿을 수 없는 세계에 있다는 의미일지라도.

바닷바람이 세찬 곳이었다고 하니 돌아온 사람은 많지 않았을 것이다. 오랜 기다림의 상징인 석상 옆에서 축원 같은 돌들이 쌓였다가 뒹굴고 작아져 사라졌을 뿐이다. 돌의 운명이 참 가깝다 느끼면서 나도 돌 하나를 돌탑에 보태고, 뒤따라 케디와 순심 씨가 그러는 걸 봤다. 이상하게도 내가 한 내려놓음보다 그들의 내려놓음에 마음을 더 싣게 되던 순간, 순심 씨의 기도인지 혼잣말인지가 들려왔다.

"애기들 맘에는 돌 같은 거 안 쌓이게 해 주소. 내가 많아 알아. 돌은 아무리 울어도 안 깨져."

다시 메두사 이야기로 돌아오자. 낯선 세계에서 돌 만드는 여자였던 메두사의 이름이 여성노인들 입에서 정확하게 불리던 순간을 기억한다. 연필로 또박또박 쓰기도 하고, 구불구불 뱀 머리를 살려 그리기도 했다. 이해도는 그 이상이었다.

"메두사도 사연이 기구했네."

"나이가 많나?"

"아니 왜 내가 참고 참다가 죽기 살기로 빽! 소리 지르 니까 영감이 돌처럼 굳어가지고…… (웃음) 대충 비슷한 거 아니겠어?"

정말이지 여성노인들은 최고다. 모르면서 다 안다. 다 알면서도 모른다고 한다. 마치 메두사의 또 다른 자매들, 하나의 눈과 치아를 같이 쓰는 세 자매 그라이아이[5]처럼.

8주 수업은 세상에 있는지도 몰랐던 다종다양한 김치 들과 알록달록한 떡들, 노인들이 직접 쓴 편지를 들고 말 문이 턱 막히면서 끝났다. 케디의 편지도 함께였다. 봉투 겉면에 적힌 낯선 이름이 케디의 풀 네임이라고 했다. 바 투 케세디한(batu kesedihan). 인도네시아어로 슬픔의 돌. 어 쩌면 아닐지도 몰랐다. 돌과 슬픔의 관계를 선명하게 규 정할 수 있는 공통의 언어가 우리 사이에는 없었다. 순심 씨의 기도에 가까운 말 때문이었을까. 나는 그 이름이 아 무리 울어도 깨지지 않는 돌의 슬픔일 수도 있겠다고 생 각했다. 돌과 슬픔의 관계는 내게 순심 씨와 바투 케세디 한의 관계처럼 누락된 그들 존재의 흐릿함 속에서 매순 간 다르게 설정되었다. 돌을 깨고 줍고 나르고 쌓고 버리 고 찾는 여자들, 돌이 되거나 돌을 만드는 그 숱한 여자들 의 관계처럼. 다만 하나의 문장은 남았다.

네가 있어 내가 있다.

＿ ＿ ＿ ＿ 표 누 ＿

우리가 '우리' 밖으로 씻겨 내려가

곧 해가 질 것이다. 비석들이 어두워지고 있다. 아까부터 묘비 수를 세는 데 계속 실패한다. 한국에서는 죽은 사람의 영혼이 의지할 자리를 세는 단위로 '위(位)'를 쓴다. 독일어에도 그런 용어가 있는지 모르겠다. 32위까지 셌을 때 고양이 한 마리가 시야에 들어왔다. 묘지에 나타난 고양이가 검은색이기까지 하면 한번 빼앗긴 시선을 되찾아 오기 어렵다. 꼬리를 바짝 세우고 내가 다음으로 셀 예정이었던 33번째 묘비의 비석, 그다음 비석으로 가볍게 내려앉는 고양이를 따라 잠시 죽은 자도 산 자도 잊고 고양이와 나 둘만 세상에 남은 것처럼 온 신경을 모았다. 바람이 불었다. 묘지를 덮고 있던 낙엽들이 일제히 떨었다. 순식간이었다. 고양이는 사라졌고, 비석들이 진회색으로 변했다. 다시 1위, 2위, 3위…… 그러다가 갑자기 나타난 고양이를 좇기를 여러 번. 어둠이 검은 고양이를 완전히 은폐하기 전에 돌아가야 한다. 그런데 어디로? 내게는 집이 없다.

도주 같았다. 그럴 필요가 없었는데 새벽 2시쯤 짐을 꾸려 살던 곳을 떠났다. 남겨 놓은 조립식 가구와 식료품, 책

등은 근처 유학생들이 알아서 배분하고 정리해 주기로 했다. 몇 년 후 이 시간은 경제적인 이유로 포기한 어떤 시절, (비슷한 말이지만 조금 다른) 현실적인 어려움을 극복하지 못해 도망친 순간으로 자주 소회된다. 그게 무슨 말이냐고, 구체적으로 뭐가 어떻게 된 일이냐고 캐묻는 이가 단 한 사람도 없어서 안도했으나 다시 생각하면 쓸쓸해지는 무관심과 거리감 덕분에 나조차 일의 전후는 거의 잊어 가는 중이다. 남은 건 감정뿐이다. 저항할 수 없는 완력에 눌린 무력감. 하얀 모욕과 부당함. 거세게 부딪혀 오는 혐오감에 차도로 튕겨 나가 달려오는 버스에 치일 뻔한 날의 감정은 아직 이름이 없다. 카페 화장실에서 내게 비누를 건네며 코를 막던 그 하얀 손이나 내 앞에서만 2배속으로 영어를 구사하던 입들은 그 자체로 감정이 되었다. 신체 부위마다 밀접하게 연관되는 감정이 생긴다는 것. 자기혐오의 심화 과정에 오신 걸 환영합니다!

묘지에서 보는 석양이 좋았다. 좋아서 P의 전화를 받지 않았다. 수업이 끝난 모양이었다. 유명한 음대가 위치한 독일의 소도시에서 P는 10년째 학생으로 살고 있다. 집을 여러 번 옮겼고, 바뀐 주소를 나는 잘도 찾아갔다. 타국에서 새집을 구하는 일이나 이사의 전 과정이 쉬울 리 없었다. 그가 어떤 경위로 자주 짐을 싸고 푸는지 짐작할 만해서 같은 과 독일인 친구들이 종종 한다는, 이사 자

104

주 하면 힘들지 않으냐는 질문을 나는 해 본 적이 없다. E를 정리하고 K로 돌아가는 길에 P의 집을 기착지로 삼은 걸 알고 P가 아무 말 하지 않은 이유도 그래서가 아니었을까. 이방인에게는 일의 전후, 인과, 기승전결로 진술할 수 없는 파편화된 기억들이 대부분이다. 어떤 기억으로 연결되는 감정들을 떠올리면서 묘지의 입구이자 출구로 향하다가 P의 문자를 받는다.

어디야? 혹시 주인이 뭐라고 했어?

뭐라고 하진 않았다. 3층에 사는 주인이 내려오다가 2층 친구 집을 나서는 나를 계단에 서서 오래 내려다봤다. 시선을 피하지 않다가 알게 됐다. 하얀 적의. 미처 그걸 어찌할 새도 없이 건네받은 우편 봉투를 들고 어정쩡하게 서 있자니 주인이 물었다.

"넌 언제 너희 나라로 돌아가니?"

모욕이 질문의 형태로 올 때는 답을 하지 않는다. P에게 배운 거다. 그의 시선을 찍어 누르는 느낌으로 대꾸 없이 턱을 조금 더 들었다. (웃지 마. 버릇처럼 웃음 짓지 마.) 불과 몇 초 만에 무너질 수 있는 '인간됨'의 경계를 눈싸움으로 어찌해 볼 수 있는 것도 아닌데. 어쨌든 시선을 먼저 피한 건 그였다. 초라한 전적에 1승을 추가했지만 웃을 수 없었다. 이런 규격 우편 봉투에 담기는 좋은 소식이란 나도 모르게 오른 주급이 입금된 계좌 안내 정도였다.

'규격'은 불길하다.

가고 있어. 집에서 봐.

우선은 P를 안심시킨다. 그는 또 이사를 해야 할지 모른다.

"대체 어떤 사람이 불에 활활 타고 있는 자기 집 사진을 찍어요?"

P의 세 번째인가 네 번째 집에서 미국에 망명을 신청한 이들의 인터뷰를 읽었다. 미등록 이주민들에게 기입되는 '불법성'을 주제로 에세이를 준비하던 중이었고, 어쩐지 그 글은 P의 곁에서 써야 할 것 같아서 자료를 잔뜩 싸 들고 굳이 국경을 넘었다. 국경 이쪽과 저쪽에서 P와 나는 둘 다 증명할 필요 없이 낯선 자들이었다. 아침부터 저녁까지 겁에 질려 있다가 가까스로 기지개를 켜는 밤에 비로소 온전히 느껴지는 '자신'이 또 버거워 서둘러 잠으로 도망치는 날들이 이어졌다. 우리는 같이 있지 않아도 알았다. 어쩌다 통화를 할 때면 영어도 독일어도 한국어도 아닌 언어가 오갔다. 의미를 몰라도 상관없었다. 어차피 다 비명이었으니까.

망명 신청을 하려면 충분한 증거 자료가 있어야 했다. 망명을 선택할 수밖에 없다는 걸 증명할 수 있는 몸에 남은 상처, 공적 문서, 사진 등. 집이 불에 다 타 버렸다는 베트남 여성 A의 말에 누군가 사진이 남아 있느냐고 묻고 있었다. A의 대답이, 대체 어떤 사람이, 라는 부분에서 떨렸다. 그러게. 누가 그럴 정신이 있겠어, 하고 P도 떨었다. 망명 신청자들은 망명이 최종 결정될 때까지 미국에서 체류와 취업이 허용되기 때문에 어떤 사람들은 망명이 아닌 체류 연장을 목적으로 망명 신청서를 작성하기도 했다. A는 베트남에 남아 있는 언니와 언니의 두 딸이 미국에 올 수 있는 조건들을 갖추려고 노력하는 중이었다. 머물 곳과 쓸 돈. 박해와 고난, 귀국의 공포를 증명할 수 있는 자료를 준비하면서 A는 그런 생각이 들었다고 했다. 베트남이 아니라 미국에서 받은 박해와 고난, 공포라면 꽤 잘 증명할 수 있을 텐데. 이어지는 인터뷰에서 그는 자신이 다만 아시아인이어서가 아니라 피부색이 더 진한 아시아 여성이어서 더 차별받는다는 걸 알고 있다고 말했다.

　　"그런데 어쩌겠어요. 비누로 아무리 문질러 닦아도 피부색은 변하지 않는 걸."

어둠이 듬성듬성 채워지고 있었다. P가 희미하게 보였다. 이 낯설고 차가운 동네에서 창문 밖으로 어깨까지 빼고 누가 보든 말든 나에게 열심히 팔을 흔드는 사람이 P 말고 누가 있겠나. 길에서 깡충깡충 뛰면서 P에게 팔을 흔들 사람도 나밖에 없을 것 같아서 그렇게 했다. 일종의 준비운동이기도 했다. 정지된 몸으로 불행한 소식을 들으면 너무 깊이 각인된다. 인간의 몸은 가만히 있으면 고체 같고, 움직이면 액체 같고, 잠들면 기체 같다. 불길함 앞에서 몸을 흔들고, 괜히 제자리에서 뛰고, 기지개를 켜고, 방 끝에서 끝까지 여러 번 왕복하면서 자신에게 액체의 유동성을 조금 더 추가해 놓으면 소식은 소문으로 소문은 근거 없는 이야기로 몸을 통과해 흘러간다. P는 비슷한 이유로 몸을 물에 담근다고 했다. 비누로 몸을 문지르고 머리를 감고 나와서 그런 씻김의 연속성 안에 나쁜 소식을 끼워 넣는 식이었다. 곧 P는 욕조로 들어갔고, 나는 방 안을 서성였다. 몇 년 후 우리는 서로의 방식을 익혀 자기 방식이 작동하지 않을 때를 대비하게 되지만 규격 우편 봉투를 가운데 두고 앉아 있는 상황에서는 그러지 못했다. 욕실에서 나오는 P에게서 익숙한 비누 향이 났다. 땀이 조금 난 상태로 내가 규격 봉투를 열었다. 한국으로 치면 세입자 퇴거 통보서와 같은 효력의 문서가 우리 앞에 놓였다. 처음이 아니지만 언제나 난생처음 겪는 강도로 오는 일. 우리 안의 어딘가가, 무언가가 또 손상된다. 그들은 대놓고 말하지 않는다. 아시아인이 너무 자주 들락거려서, 역겨운 음식 냄새가 나서, 라고 쓰지 않는다. 우리를 세상에서 지울 수 있는 이들의 언어는 교묘하다. 얼마나 그럴듯한지 넋 놓고 있다 보면 나조차 설득이 된다. 우리가 감히 그들의 세계에 침입한 것이다. 평화를 깨는 건 우리다. 문서를 다시 봉투에 접어 넣고 P가 웃음을 터트린다. 집주인이 인권 단체에서 일한다더라고, 이번에는 오래 살 수 있을 것 같다고 얘기했던 거 기억나? 나도 웃는다.

나와 팀을 이뤄 함께 공부했던 흑인 여성 N이 보낸 에세이는 굉장했다. 미등록 이주민들에게 기입되는 '불법성'에 대해 그보다 가깝게 또 처절하게 쓴 글을 앞으로도 볼 수 없을 것 같았다. 심화해서 논문으로 만들거나 관련 프로젝트에 지원해 보라고, 그보다 더 들뜨고 신이 나서 떠

들었다. 그런 모습이 경계를 풀게 한 모양이었다. 사실은 자신이 이미 관련 전공으로 박사학위를 갖고 있다고 그가 말했다.

"내가 살던 곳에서는 어떤 지원도 받을 수 없었거든. 나는 그냥 연구를 계속하고 싶었을 뿐이야."

그는 내게도 그런 바람을 심어 줬다. 그냥 연구를 계속하고 싶었을 뿐이다. 세계들 사이에 있는, 영영 어디에도 닿지 못하는 존재들의 몸에 새겨지는 혐오와 차별에 대해. 당장은 공부가 부족했으므로 나는 몇 년 후의 내 위치로 보이던 N이 지원한 프로젝트의 결과를 내 일처럼 기다렸다. 얼마 후 미국 체류와 기관 협업까지 지원하는 탈식민주의 이주민 관련 프로젝트에 선정된 건 백인 영국인 남성이었다. 도서관 입구에서 N을 마주쳤을 때만 해도 나는 몰랐다. 상기된 얼굴이어서 심지어 무슨 좋은 일이 있는 거냐고 묻기까지 했다.

"좋은 일이지. 식민주의가 탈화하는 걸 살아서 목격하고 있으니까. 나의 여자들이, 어머니와 할머니가 자주 그랬어. 이런 세계에서 자유라는 말이 그렇게 자주 쓰이다니."

N은 말끝에 웃음을 터뜨렸다. 정말 웃겨서 참을 수가 없다는 듯이. N의 눈동자가 물기를 머금고 반짝였다. 그때는 함께 웃지 못했다. 그와 나를 '우리'라고 선뜻 묶

을 수가 없었다. 그래서는 안 될 것 같았다. 그웬돌린 브룩스와 마야 안젤루, 오드리 로드, 루실 클리프턴의 시를 좋아한다고 해서 그럴 수는 없었다. 패트리샤 힐 콜린스의 《흑인 페미니즘 사상》을 읽었다고, 앤절라 이본 데이비스의 《여성, 인종, 계급》을 공부했다고 해서, 아니 바로 그렇기 때문에 우리가 단박에 '우리'일 수 있는지 더듬거려야 했다. 그러나 나름 윤리적이라고 여겼던 그 망설임이 N에게는 관계의 철회로 느껴졌을지도 모른다는 뒤늦은 생각은 내가 그런 망설임 앞에 여러 번 서게 된 후 찾아왔다.

P와 나, 우리는 웃다가 라면을 끓였다. 국물까지 다 비우고 소화제도 하나씩 삼켰다. 그다음에 마주 앉아 각자의 랩톱을 켰다. 조건이 괜찮은 집을 발견할 때마다 서로에게 보여 주며 채광이 어쩌고 주변 공원이 어쩌고 하며 시간을 보냈다. 얼마 후 한국으로 돌아가야 하는 나와 앞으로 얼마나 더 집을 옮겨야 할지 모르는 P 둘 중 누가 더 나쁜 상황인지 알 수 없었다. P는 생각이 좀 다른 모양이었다. 한국에서는 배제와 차별이 피부 속까지 파고들지

않냐고, 도망칠 수가 없다고 하면서 그곳으로 돌아가야 하는 내가 더 나쁜 상황임을 명확히 하고 싶어 했다. 이미 새벽 도주를 한 마당에 P와 앞으로의 삶에까지 불행 배틀을 하고 싶지는 않았다. 글은 이렇게 써야 하고, 자신을 이렇게 사랑해야 하며, 소비는 이렇게 현명하게 등등 해맑은 잠언이 보글보글 흘러넘치는 곳. 긍정적인(?) 사고와 똑똑한 관리(?) 정도로 나아질 수 있는 삶을 가진 사람들. 거기도 '우리' 밖의 사람들이 너무 많은데. 그곳에서는 이제 P와도 '우리'가 되지 못할 것이다. P도 그리될 걸 짐작하는 듯했다. 귀국 후에 달라지는 관계들이 이국의 사람들에게는 흔하다.

"우리는 오래전에 항복했는데 아무도 항복을 안 받아 줘."

그래도 아직 우리는 우리다. P는 그렇지 않냐고 눈짓으로 묻는다. 항복한 사람은 그만 괴롭혀야 하는 거 아냐? 애들도 아는 룰을 어른들이 안 지키고…… 나 씻어야 하는데……. 졸리면 그냥 자. 그래……. 우리 내일 장 보러 가자. 묘지에서 만나 그럼. 그래. 우리…….

꿈을 꿨다. 인터뷰가 있던 날, 백인 남자가 나를 보고 코를 쥔다. 즉각, 내가 아침으로 뭘 먹었더라 생각한다. 빵과 버터, 잼이 전부였는데. 어떻게 좀 해 보세요. 남자가 말한다. 어떻게 해야 할지 몰라 일단 화장실로 도망친

다. 거울 속 얼굴이 뜨겁다. 비누 거품을 오래 낸다. 손 바가지에 비눗물을 만든다. 입에 넣어 오래 머금고 있다. 향이 날 줄 알았는데 비리고 쓰다. 너무 생생해서 잠깐 언젠가의 내 경험으로 착각한다. 이건 잠들기 전 들은 P의 이야기. 그런데 내가 비눗물을 머금고 질문에 답하려고 노력한다. 다음 중 당신과 연대 가능한 타자가 아닌 것은? 1) 청결하고 2) 예의 바르고 3) 구김살 없이 밝고 4) 폭력적이지 않은 타자. 질문이 잘못된 게 아닐까요? 입을 열자 비누 거품이 보글거린다. 보기가 더 있다. 5) 더럽고 냄새나는 타자. 여전히 질문이 잘못되었다고 답한다. 보글보글. 연대는 조건 없이 전적으로. 전적으로 보글……보글보글…… 거품에 파묻힌 상태에서 잠에서 깬다. 꿈 이야기에 P가 머리를 말리면서 큭큭거린다. 엄격하기는. 일단 나는 1번 청결한 타자입니다. P에게서 비누 향기가 난다. 이렇게 거품이 많은 꿈이라니. 내가 키득거리며 욕실로 향한다. 이따 묘지에서 봐. 죽은 사람들에게는 '다름'이 없다.

N은 나보다 먼저 학교를 떠났다. 자기 나라로 돌아간다

는 말은 하지 않았지만 결국 그렇게 될 거라는 걸 알았다. 방학 때 출국했다가 다시 입국하지 못하고 출입국관리소에서 강제 퇴거 명령서를 받은 학생들이 학기마다 있었다. 마지막으로 만났을 때 그는 내게 우리와 다른 언어로 말하는 자들, 다른 일에 슬퍼하는 자들, 우리를 단 하나로 환원하는 자들에게 지지 말라고 했다. 내가 아는 흑인 여성시인[6]들의 형형한 눈빛이 떠올랐다. 나도 그에게 무언가를 남기고 싶었다.

"한국어로 우리(we)는 우리(cage)와 발음이 같아요."

우. 리. 그가 한국어 발음을 제법 정확하게 흉내 냈다. 쉽고, 어렵네요. 영어로 그렇게도 말했다. 집이 없는 사람들에게는 '우리'가 집인데. 그 말은 아주 나중에야 떠올랐다. 그가 한국어로 발음한 우리의 의미는 'we'였을까, 'cage'였을까. 이제 영영 알 수 없게 되었다.

가 발 — — — — — —

언 니 는 비 체 였 다

어떤 말에는 주술적 힘이 깃들어 있다. 사실보다 바람의 효용이 센 병실에서 오가는 말들이 주로 그랬다. J 언니의 수술실 밖에서, 치료차 입원한 병실에서, 어둡고 습했던 그의 지층 집에서 내가 한 거의 모든 말에도. 다른 누가 아닌, 말하는 자신이 듣고 믿고 싶은 말들. 그런 말들은 꼭 두 번씩 발화된다. 괜찮을 거야. 괜찮을 거야. 검사 결과를 전하는 J 언니의 목소리가 너무 덤덤해서 내가 뭘 잘못 들은 게 아닐까 의심하면서도 나는 그렇게 두 번 말했다.

"이럴 줄 알았으면 걱정 좀 덜 하고 살 걸……."

언니의 그 말에도 주술적 기원이 실리지 않았을까. 몽땅 다 거짓말이어서 앞으로 걱정 덜 하고 살게 해 주세요, 해 주세요, 하는. 몇 번의 경험을 지나온 지금에야 무거운 소식을 들은 이가 취해야 할 말과 행동을 모자란 대로 준비할 수 있지만 그때는 J 언니도, 나도, 더불어 연결된 사람들도 아는 바가 거의 없었다. 예상과 상상의 범위가 좁다 보니 경제적·정서적·언어적 배려 모두에서 자주 잘못된 선택을 했다. 그게 지금까지도 마음에 남아 있다. 미안함보다는 일말의 부끄러움으로.

"인모는 많이 비싸요. 요즘은 인조모도 잘 나오니까 다양하게 보기로 해요."

오랜만에 만난 디안의 한국어가 한결 편해져 있었다. 디안이 J 언니와 한국어 공부를 시작한 지 3개월쯤 지났을 때 우리는 처음 인사를 했다. 그게 벌써 1년 반 전이다. 언니나 나나 자신을 제일 낯설어 하며 살던 시기라서 외국인이나 외계인에게 느낄 법한 이질감이 신기할 정도로 없었다. 디안의 낮고 꾸준한 기운이 좋았다. 그렇긴 해도 J 언니 없이 단둘이 만난 건 처음이어서 나는 형식적인 어색함과 함께 얼마간의 침묵을 지켰다.

우리에게는 할 일이 있었다. 한국에 오기 직전까지 디안은 인도네시아 가발 공장에서 일을 했다. 디안에게 동행을 부탁하면서, 언니가 최소 1년은 병원을 오가야 하니 나와 한국어 공부를 이어 가면 어떻겠냐고 문자로 물었다. 답은 간단했다. 고마워요.

"한국 사람들은 가발 많이 쓰나요?"

"음...... 잘 모르겠어요."

패션 가발을 쓰는 친구들이 있긴 했지만 그들이나 나나 '한국 사람'이라는 대표성을 갖기는 어려웠다. 가발에

118

대해 내가 말할 수 있는 건, 지금은 세상에 없는 할머니와 관련된 일화 정도였다. 대여섯 살 때였나. 할머니 집에서 눈을 뜬 날에는 잠에서 깨고도 한참 꼼지락거리면서 할머니가 얼굴에 로션을 바르고, 참빗으로 머리를 빗고, 쪽 찐 머리에 비녀를 꽂는 걸 훔쳐보곤 했다. 비녀에는 덧대어 넣을 수 있는 딴머리, '다리'가 달려 있었다. 그걸 뭐라고 불러야 할지 그때는 몰라서 귀신머리라고 했다. 까맣고 윤기가 나는 귀신머리에서는 진한 동백기름 냄새가 났다. 내 말에 디안이 반색했다.

"아아, 우리 할머니도 그런 부분 가발을 넣어서 머리를 길게 땋았는데!"

"혹시 디안 할머니도 그랬어요? 그러고 나서 꼭 손바닥으로 주변에 떨어진 머리카락을 쓸어 모으는 거예요. 인상을 쓰면서."

"맞아요. 좀 전까지 바로 자기 머리에 붙어 있었던 것들을 쓰레기처럼."

어린아이에게는 신기하고 의심스러운 장면이었다고 우리는 입을 모았다. 할머니 머리에 아직 붙어 있는 모발과 비녀에 달린 가짜 모발, 바닥에 떨어진 모발은 서로 어떻게 다른 걸까. 어쩌면 할머니가 시장에 갈 때마다 내 옆에 꼭 붙어 있어라, 하는 것과 관련이 있을지도 모르겠다고 그때는 생각했다. 할머니에게서 떨어지는 순간 나도 떨어진 머리카락처럼 버려지는 건가 조금 불안했던 기억도 났다. 내 머리띠는 땅에 떨어져도 내 것인데…….

디안이 얘기한 대로 인모 가발은 내 예상보다 가격이 높았다. 우리가 생에 대해 참 터무니없이 무지하다는 생각이 새삼스럽게 들었다. 생의 아이러니는 그 무지가 만드는 건지도 몰랐다. J 언니가 디안과 함께 소아암 환자 가발에 쓸 머리카락을 기부한 게 불과 몇 개월 전이었다. 2년을 염색 한번 하지 않고 길렀다고 들었다. 얇고 푸석푸석 날리는 내 머리에 비해 둘의 머리는 굵고 윤기가 흘렀다. 이럴 줄 알았으면, 싫었지만 의미 없었다. 이럴 줄 몰랐고 모르는 채로 많은 게 흘러가 버렸으니까. 인모 통가발 앞에서 망설이고 있자니 직원이 다가왔다.

"인모도 단점이 있어요. 모가 잘 빠지고 무거운 편이고요. 여러 사람의 모발을 가공해 가발 하나를 만드는 거라……."

"여러 사람의 머리요? 아, 한 사람 것이 아니구나."

"그래서 거부감을 갖는 분들도 계세요."

디안과 내 눈이 마주쳤다. 서로에게 J 언니는 어떨까, 묻고 있었다. 모발 기부까지 한 사람이 거부감을 갖지는 않겠지 했지만, 2차 항암 후부터 식성과 감정의 변화가 현저했기에 언니에게 직접 물어보기로 했다. 전화를 받는 언니 목소리가 묽었다.

"내가 가발 쓰고 갈 데가 있나 뭐."

"보온용이야. 감기 걸린다고 꼭 쓰래. 민머리에 모자만 쓰면 정전기 일어나서 더 불편하다잖아."

"흐흐. 그래. 그럼 사람 머리 아닌 걸로 사 와."

"우리 돈 많아."

"싫어서 그래. 남의 머리 닿는 거."

굳이 말하자면 누구의 것도 아니었다. 머리에서 떨어져 나온 순간부터 생명력을 잃은, 죽은 모발들이라고 직원은 말했다. 죽음 이후에는 주인이 없었다. 언니가 인모를 내켜 하지 않는 이유야 달랐어도 어쩐지 직원의 설명에 쓰인 '죽은'이 걸려 나도 인조모 쪽으로 마음이 기울었다. 뜻밖에 제동을 걸고 나선 건 디안이었다.

"인모가 좋아요. 자연스럽고, 오래 써도 피부에 문제가 적고. 머리카락에 살균, 소독, 코팅 다 해요. 깨끗해요. 남의 것 아니에요."

내게는 인조모도 괜찮다고 했던 디안이 얼굴이 상기된 채 두 손으로 핸드폰을 붙잡고 J 언니의 답을 기다리고 있었다. 곧 디안의 표정에서 언니의 대답을 읽어 낼 수 있었다.

세상에는 아픈 사람도 많지만 멀쩡하게 이상한 사람도 많았다. J 언니 곁에서 그런 사람들을 많이 봤다. 언니가 입원해 항암치료를 받는 6인실의 환자들 중에도 그런

사람이 있었다. 착하게 생겼는데 왜 그런 몹쓸 병에 걸렸
냐부터, 미혼이라니 그 가슴 써 보지도 못하고 아까워서
어쩌냐까지. 감정을 숨기지 못하는 내 얼굴을 병실 평화
를 위해 언니가 여러 번 두 손으로 가려야 했다. 인류의
평화가 유지되는 원리가 또한 그런 식이었다. 누군가가
내내 무례하면, 누군가는 내내 참으면서. 그렇게 지켜지
는 평화 따위, 하고 어느 날 디안이 벌떡 일어나기 전까지
만 유지된 평화.

"그런 말 하지 마세요!"

디안은 용감했다. 6인실 평균 나이 60세 이상, 한국
의 그 나이대 여성과 맞선다는 건……. 언니도 나도 다급
해져 디안의 팔 한쪽과 허리를 붙잡았으나 이미 병실의
모든 시선이 우리 쪽으로 쏠린 후였다. 디안을 결정적으
로 자극한 건 아마도 "아픈 사람 곁에는 아무도 남지 않
는다"는 말이었을 것이다. 말의 주인은 70대 고관절 수
술 환자였는데, 사이 좋아 보이는 우리를 나름은 칭찬한
답시고 말을 꺼냈다가 디안의 분노를 사고 말았다. 굳이
할 필요 없는 말이었지만 나는 그 말이 70년 경험 어딘가
에 박혔다가 자기도 모르게 굴러떨어진 듯해서 약간 슬
펐다. 디안의 기세를 느낀 장년 반 노년 반 여성들은 말의
주인을 향한 타박과 우리를 향한 구슬림을 노련하게 섞
어 분위기를 바꿨다. 정신을 차렸을 때는 그들이 나눠 준

귤과 곶감과 두유가 우리 손에 쥐어 있었다. 언니는 민머리를 손바닥으로 문지르며 웃었다.

그날 우리는 턱선 정도 내려오는 길이의 밝은 갈색 인모 가발을 사서 병실에 들렀다. 숍에서 한 번쯤 그냥 가발을 써 볼 수도 있었을 텐데 우리가 그러지 않았다는 자각이 돌아오는 길에 들었다. 어떤 의식 이전에 이미 '암'이라는 강력하고 무거운 한 글자가 태양처럼 머리 위에 떠 있었다. 나는 그걸 느끼며 혹은 외면하며 걸었다. 외면하고 있다는 걸 잔뜩 의식한 그런 외면이었다.

그렇지 않은 사람도 있다는 사실에 조금 놀라기도 했다. 언니 소식을 들은 사람들 중 일절 연락을 끊은 사람들, 마치 감기에 걸린 사람을 대하듯 무심하고 무지했던 이들, 자기 삶의 비극적 사건으로 언니의 일을 소비한 이들에게 그 한 글자를 외면하는 건 그리 어려운 일이 아닌 듯했다. 언니는 어느 순간부터 그런 이들에 대해 이야기하지 않았다. 차라리 서운하다고, 어떻게 그럴 수 있냐고 화를 낼 때가 좋았다. 그럼 같이 화를 내고 못된 소리도 할 수 있었다. 하지만 이런 쓸쓸한 혼잣말에는 대꾸할 말이 없었다.

"아픈 사람을 누가 좋아해……. 힘들다는 호소를 누가 계속 듣고 싶어 하겠어?"

언니의 얼굴색과 손톱 색이 까맣게 변할 즈음 우리의 언어도 달라졌다. 온통 까맣거나 하얗게. 막막하게 힘들다와 막연하게 괜찮을 거야를 오가면서. 가능하다면 언니에게 나의 운을 주고 싶었고, 언니의 고통은 가져오고 싶었다. 내가 간절하게 옮겨 오고 싶었던 건 언니가 느끼는 모든 종류의 통증이었다. 가발을 쓰고 앉은 언니 뒤에서 천천히 빗질을 하다 보면 특히 그런 마음이 자주 들었다. 지친 목과 어깨가 가까웠다.

"생각보다 이상하지 않지?"

"응. 찾아보니까 중국이나 베트남 여자들의 모발로 많이 만드나 봐. 신기하지. 잘린 모발이 최소 25cm는 되어야 팔든 기부하든 할 수 있거든. 그 여자들이 머리를 감고 말리고 빗질하는 모습을 상상하게 되더라."

그들 삶에서 언니에게 온 25cm의 머리가 자란 시간이 더는 언니와도 나와도 무관하지 않았다. 언니는 그게 신기하다고 했다. 그러네. 그렇지?

디안과 셋이 있는 날에는 웃을 일이 더 많았다. 유럽에서 남성 가발이 유행하게 된 건 매독과 관련이 있다고 디안이 운을 뗐다. 16세기 후반 흑사병 이후 창궐했던 매독의 증상 중 하나가 탈모였다. 이를 가리려고 가발에 의존한 남성들이 당시 가발 유행을 주도하게 됐다고 했다. 체면 때문에? 체면 때문에요. 셋이 한꺼번에 웃음이 터졌다. 가발이 벗겨지는 줄도 모르고 몸을 앞뒤로 흔들며 웃었다. 바닥에 떨어진 가발을 주워 들며 언니가 "아이고, 내 머리" 해서 또 웃었고. 모르겠다. 그 폭발하는 듯한 웃음에 가려진, 두렵고 외롭다는 신호를 혹시 내가 외면하지는 않았을까. 말하지 못하는 두려움이 주변의 다른 두려움들과 쉽게 결합하면서 걷잡을 수 없이 거대해지고, 그게 우리의 웃음을 삼켜 버리고, 언니가 슬픔을 종합하는 몸이 되기 전에 내가 할 수 있는 일이 있지 않았을까. 몇 년이 지난 후에도 나는 자주 그런 생각에 사로잡혔다. 타인과의 어떤 경계를, 절단면을 극복해 보려고 선뜻 몸을 움직였던 생에 드문 경험이어서였을 것이다.

처음에는 언니의 가슴 한쪽이 사라졌다. 다음으로는 윤기 나던 모발이. 연이어 내가 기억하던 언니의 몸이. 그 안에서 많은 일을 하던 여성 호르몬까지도. 몸의 기억을 완전히 깨뜨려 버리는 잔인한 시간이 흘렀다. 언니의 많은 부분이 '여성'이기를 그만두었다. 너는 내가 나 같아? 거울 앞에서 가발을 쓰다 말고 언니가 나를 돌아보며 처음 물었던 날을 기억한다.

"가발이 여전히 어색해?"

"아니. 전혀 어색하지 않다는 게 신기해서. 한 번도 상상해 본 적 없는 이 모습까지도 '나'라는 게 너무 신기하잖아."

언니는 시종일관 '이상하다'가 어울릴 자리에 '신기하다'를 썼다. 언니의 가발을 고쳐 씌워 주며 디안이 다정하게 말했다.

"다행이에요. 슬프지 않고 신기해서."

침묵이 부드럽게 흘렀다. 중국 여성, 베트남 여성, 어쩌면 한국 여성의 머리카락이었을지 모를 언니의 가발도 부드러웠다. 어느덧 그 가발까지가 언니였다. 언니가 디안에게 가발 공장에서 제일 힘들었던 일이 뭐냐고 문득 물었다.

"위도와 경도를 맞추는 일요. 가발도 수많은 선으로 이루어지잖아요."

언니가 가발을 벗어 뒤집어 보였다. 촘촘하게 얽힌 망의 위도와 경도, 그 선을 지나는 얼굴 모르는 여성들의 가닥 가닥들이 하나의 흐름을 이루고 있었다. 그중 몇 가닥이 힘없이 바닥으로 떨어졌다. 순식간에 인상을 찡그리며 그것들을 주워 든 언니가 잠깐 멈칫하더니 알 듯 모를 듯한 미소를 지었다. 이상한 말이지만 그 순간 언니는 다시 언니가 된 것 같았다.

언니의 항암치료가 끝난 날 알게 된 사실이 하나 있

다. 우리는, 그러니까 언니와 나와 디안은 아주 어릴 때부터 자기 몸이 온갖 분비물로 뒤범벅되어 부패한 상태를 꿈이나 흔한 상상 속에서 여러 번 본 사람들이었다. 그래서인지 '나'는 어디서부터 어디까지인지, 무엇부터 무엇까지인지 내내 궁금했다는 공통점 하나로 우리는 잠시 나란했다. 언니가 내 말에 깃든 모든 주술적 기원을 독차지한 동안에. 언니는 비체(卑體, abject)[7]였다.

___ ___ 지 버 ___ ___

나는 어디에 있습니까?

끝내 묻지 못한 말 때문이었다. 지금은 이름도 아련한 프랑스 남부의 한 어촌 마을로 방향을 잡은 기차 안에는 오후 2시의 졸음이 가득 차 있었다. 햇살은 잔잔했고 기차가 풍경을 밀어내는 소리도 슉슉 부드러웠다. 초행길 여행자는 어쩌다 여기까지 오게 되었을까 자문하다가 자세를 고쳐 앉으며 그래, 그래서일 것이다 했다. 1시간 후면 K를 만날 수 있다. 만나면 묻지 못한 그 말이 완성될 수 있을까? 출발역 인포메이션 센터에서 받은 지도를 펼치면서 나는 어쩌면 그가 역에 나오지 않을지도 모른다고 잠깐 생각했다. 잠깐이었지만 불안이 끝점까지 내달렸다. 4년 만이었다. 우리가 서로가 알던 그 사람이 더는 아닐 수 있기에 충분한 시간이었다. 유럽 통화가 통합되기 전. 프랑스 프랑과 독일의 마르크를 따로 환전해 떠난 그즈음의 4년은 2023년을 전후한 4년과는 사뭇 다른 관계와 관성으로 유지되었다. 누군가와 질릴 만큼 가까웠다가도 죽은 듯 멀어지기 쉬웠다. 소식이 들려오지 않는, 관계의 끝이 있어 좋았다. K와도 그렇게 되었구나 했다. 마음에 쏙 드는 바닷가 풍경 우표들이 잔뜩 붙은 편지를 받기 전까지는.

나는 여기 있고, 너는 거기 있어.

편지의 첫 문장을 읽자마자 나는 질끈 눈을 감았다. 공격적인 쓸쓸함이라고 해야 할까. 잘 누빈 바느질을 거칠게 뜯어내 바람을 부르고 마는. 그게 싫어서 나는 빠르게 대꾸했다. 그래, 나는 여기 있고, K 너는 거기 있지. 그러자 머리 위로 와르르 무수한 '나'와 '너'가 쏟아졌다. 무수한 나와 너가 나눌 수 없었던 몸, 닫힌 질문들, 위급했던 기억의 칼날, 해사한 외면도 함께였다. 친구들의 열렬한 응원과 배웅을 받으며 프랑스로 떠난 K는 이후 한 번도 한국에 오지 않았다. 가끔 엽서나 편지, 작은 선물들을 자기 대신 보냈다. 친구들은 우리 중 유일하게 한국을 떠난 K가 여기가 아닌 어디에서든 빨리 정착해서 행복하게 살아가기를 바랐다. 유학도 취업도 아니었기 때문에 더더욱 그랬다. "그래도 한국에 한번 오지. 많이 바쁜가?" 한 친구의 심상한 말에 다른 친구가 의아하다는 듯 물었다.

"걔가 왜 떠났는지 몰라?"

나도 몰랐다. 다른 점이 있다면 나는 K에게 어떤 일이 일어났음을 직감하고 있었다는 거다. 갑작스러운 자퇴와 프랑스행은 당시 K의 말버릇이었던 "그냥"으로는 설명이 되지 않았다. 그랬는데 나는 끝까지 묻지 않았다. 배려라 했지만, 아무것도 하지 않음으로써 가장 아프게 저지르는 배반에 가까웠다. 그 대가다. 태어나 처음 혼자 비행기를 타는 경험을 온전히 K에게 바치게 된 것은. 4년 만의 재회를 1시간 남짓 앞두고 나는 더없이 착잡해졌다. K의 편지와 내 답장이 들어 있는 겉옷 호주머니에 손을 쿡 찔러 넣었다. 그것들을 만지작거리면서 K가 정말 나오지 않는다면, 하고 생각했다. 이번에는 불안하지 않았다. 어디든 머물면서 그의 연락을 기다려 보기로 했다.

지도를 펼쳐 그가 살고 있다는 마을의 이름을 찾아냈다. 내가 있는 데서 여기까지가…… 아, 나는 어디에 있는 거지? 지도를 아무리 들여다봐도 나를 실은 기차가 어디쯤 지나고 있는지 알 방법이 없었다. 다음 역의 이름이라도 알면 좋을 텐데, 왜 프랑스 사람들은 영어로 물으면 다 알아들어 놓고 대답은 불어로 하는 걸까? 불어 말고 위대한 인류 유산인 손가락을 쓰라고, 지도를 쫙 펼쳐 자기를 프랑소와 어쩌구로 소개한 옆 남자에게 내밀었다. Where am I? 그는 역시나 불어로 대답하면서(야!) 손가락으로 지도의 한 부분을 꾹 누르는 걸 잊진 않았다. 1시간 후 나는 K의 마을에서 길을 잃었다.

"GPS가 저를 자꾸 바다 위로 데려다 놓아서요. 제가 지금 어디에 있는지 모르겠어요."

내 전화에 수화기 저편 담당자가 바다가 보이냐고 물었다. 바닷가에서 바다가 보이냐고 묻는 건 길에 가로등이 보이냐는 말과 같지 않나요, 라고 말하지는 않았다. 오른쪽이 전부 바다네요, 대답하자 담당자가 크게 한숨을 쉬었다. 인터뷰 장소를 찾아가는 중이었다. 어쩌다 새벽 KTX를 타고 부산 영도까지 오게 된 건지 정신이 멍한 중에도 나는 73세 해녀와의 만남을 잔뜩 기대하고 있었다. 인터뷰 일정 때문에 이미 애를 먹을 대로 먹은 터였다. 겨우 일정을 잡아 놓으면 날씨나 물때의 변수들이 훼방을 놓았다. 몇 번의 취소와 변경 끝에 드디어 영도까지 왔으니 이제 조금 수월해 주면 안 되겠니 했지만 나는 30분째 해녀 좌판이 깔린 장소를 찾지 못하고 있었다.

해안선을 따라 일상과 다른 풍경이 펼쳐지는 걸 조금 감탄하며 보다가 언젠가의 기차역, 바닷가, 만나지 못한 얼굴이 잠깐씩 떠올랐다. 어쩔 수 없었다. 바닷가에서 길을 잃는 경험은 흔치 않고, 그게 친구를 만나려고 하루 꼬박 걸려 도착한 곳에서 벌어진 일이라면 잊기가 더 어려왔다. K는 정말로 나타나지 않았다. 그랬었지, 하는데 얼굴이 잔뜩 굳은 담당자가 정면에서 나타났다. 그를 따라 긴 계단을 내려가고도 한참, 몽글몽글한 자갈이 깔린 해변을 걸어 또 한참 후에야 해녀 한진자 씨를 만날 수 있었다. 내가 꾸벅 인사를 하자 그가 말했다.

"하늘과 바다가 허락해 줘야 할 수 있는 게 물질이라서……."

하늘과 바다의 허락을 논하는 삶에서 한낱 인간의 질문이 뭐 그리 중요할까 싶어지는 말이었다. 여기까지 오게 해 미안하다는 말을 거 멋있게도 하시네, 하고 담당자가 끼어들었다. 그 주변으로 다소 심각한 얼굴의 몇몇 사람과 좌판 테이블을 차지하고 앉아 멍게며 해삼을 썹고 있는 이들이 보였다.

한진자 씨는 제주 방언이 많이 섞이지 않은 부산 방언을 썼다. 제주 방언 통역자가 나와 한진자 씨 사이에 앉았다가 내가 그럭저럭 알아듣는 것 같아서였는지 잠시 후 다른 테이블로 가 버렸다. 부산 영도 해녀들의 자료 아카이빙을 진행하고 있는 청년단체 일원들이라고 소개받은 테이블이었다. 그들은 해녀들이 경험하고 몸에 이식한 '물속 지도'를 가시화하는 작업에 한창 집중하고 있었다. 한진자 씨는 그들을 가리키며 "뭐 얻어 갈 게 있다고 저렇게 자꾸 오네" 했다. 말과는 달리 썩 싫지 않은 표정이었다.

오전 물질이 영 신통찮았는지 빨간 고무 대야 속 해산물들이 셀 수 있을 정도였다. 지도앱 속 나의 위치는 여전히 바닷물 위였다. 긴장을 풀어 볼 요량으로 한진자 씨에게 내 위치를 보여 줬다.

"제가 여기에 있다고 나와요."

"거긴 내가 오전에 물질했던 곳인데……."

이 짧은 대화에 소소하게 붙은 한진자 씨의 웃음에서 물 냄새가 났다. 생각보다 길어진 인터뷰 내내 그 웃음과 냄새가 따라다녔다. 바다는 열두 번도 더 표정을 바꾸고 있었다. 아까는 험악하더니 날씨가 좋아지네요. 물질하기에는 영 버린 날씬데. 한진자 씨가 그래서 나는 노트에 "좋은 날씨의 기준도 특정 사람들에게 맞춰져 왔다"라고 썼다. 외부 활동을 거의 하지 않는 이들에게 좋은 날씨가 해녀에게는 물질하기 궂은 조건일 때도 많다. 날씨가 좋다/나쁘다는 기준 역시 얼마나 임의적이고 사회적인지 급작스럽게 몸을 트는 바다 앞에서는 쉽게 이해가 됐다.

한진자 씨의 어머니도 해녀였고 언니 둘도 그랬다는 이야기가 이어지고 있었다. 영도에서 나고 자란 진자 씨더라도 영도 해녀들의 뿌리는 제주에 있다는 걸 알고 있다. 부산 해안선을 따라 촌을 형성하며 하나둘 모이던 제주 해녀가 대거 이주한 게 4.3 사건 때다.

"그러니 거슬러 올라가면 죄다 피 냄새라 물에서나 겨우 숨을 쉬었나. 생각해 보니 그래."

한진자 씨는 자신이 속해 있는 어촌계 평균 연령 78세보다는 젊고, "저 이는 한참 어려!" 할 때 그 막내 나이 66세보다는 많아서, 위아래 사이의 가교 구실을 자연스럽게 맡고 있었다. 물질을 생계 수단으로 지속하는 이들과 건강 문제로 물질을 더는 하지 못하는 이들, 문화적으로만 물질을 잇고 있는 이들까지 해녀들의 삶도 제각각 달랐다. 영도 토박이 해녀들은 제주에서 이주한 해녀들 이야기를 내심 궁금해하지만 대화가 쉽지 않다고 했다.

"귀와 입이 도통 연결이 안 돼. 말 걸기가 쉽지 않아."

수압과 산소 결핍을 일상적으로 경험한 결과, 고령의 해녀들 대부분이 청력이 손실되고 만성 두통에 시달린다. 청력 손실은 의사소통을 어렵게 하고 제주 방언을 이해하기도 쉽지 않아 서로 짧은 대화 몇 마디 나누기도 힘든 상황이라고 했다. 80대의 그들이 사라지면 아마 많은 말들의 세계가 바다 깊이 가라앉게 될 터였다.

나는 진자 씨가 그들에게 말하기나 얘기하기가 아니라 '말 걸기'라고 표현한 것에 한참 머물러 있었다. 영화학자 테레사 드 로레티스[8]가 논의했던 말 걸기(address)의 미학은 언제나 복수로 존재하는 여성들 사이에서 또, 한 여성의 교차적 정체성 사이에서 다양한 관객들에게 말을 거는 여성 영화에 주목한다. 말을 거는 사람과 말을 받는 사람은 누가, 어디에서, 어디의, 누구에게 말을 거는가를 통해 위치성과 신체성을 얻는다. 주소이자 호칭을 의미하기도 하는 어드레스(address)의 미학은 말 걸기의 주소와 호명 방식을 가시화하며 새로운 서사를 시작한다.

예전 K의 편지 속에도 비슷한 말들이 있었다. 아무도 내게 말을 걸지 않아. 나는 주소가 없어. 하루에 한 번도 내 이름이 불리지 않을 때가 많아. 그래서 은행 잔고를 탈탈 털어 주저 없이 비행기 티켓을 예약했었다. K가 프랑스에서 한국의 나에게 말을 걸고 있었기 때문이다. 나는 여기 있고, 너는 거기 있지. 그래, 그래서 가능한 일을 하자 하고. 그런데 K가 정말 원한 건 무엇이었을까.

내게는 K를 무작정 만나러 간 선택이 어떤 시작이었다. 그날 이후 여기만 아니면 어디든 괜찮다는 심정으로 혼자 떠난 숱한 여행에서 지도를 펼쳐 들고 나는 빈번하게 물어야 했다. "Where am I?" 나의 위치성과 방향성이 내가 닿을 장소나 대상과의 관계를 결정했다. 하루에도 몇 번씩, 내가 어디에 있는지 도무지 알 수 없을 때마다,

나로부터 그것들이 얼마나 먼지 아득해질 때마다, 그러니까 나는 어디에 있는 거죠? 질문을 받은 사람들은 그것참 흥미로운 질문이군요, 하는 표정으로 나와 지도를 번갈아 보다가 손가락으로 지도 위 한 부분을 가리켰다. 여기.

그건 반복할수록 내가 해체되었다가 재조립되는, 나를 여러 번 다시 만드는 작업 같았다. 빈 국립도서관 앞에 있던 내가 바르셀로나 람블라 거리 어디에선가 해체되었다가 카탈루냐 광장 앞에서 재조립되는 식이었다. 그 시간은 레비 브라이언트[9]가 말한 "자신이 갇힌 중력장에서 벗어날 탈출 속도에 도달하기 위해 자기 세계의 지도를 제작"하는 과정이었을지 모른다. 시도는 좋았다. 나는 실패했고 자꾸 지도에서 사라지는 나를 지도 안으로 애써 잡아끌면서 종종 K를 떠올렸다. 한국의 K는 프랑스 어딘가에서 해체되었다가 또 프랑스 어디에서 재조립되며 자문했을 것이다. 대체 어디에 있나, 나는?

진자 씨는 엄마와 언니들을 따라 바닷속 지도를 익혔다. 물질은 가르치거나 배웠다고 표현하지 않는다. 보통 물질 실력이 좋은 이들의 경험담을 귀담아듣고 함께 물속에서 익히는 감각에 가깝다고 했다. '물에 들어가는 데로 나오는 법이 없다.' 그게 익혀야 할 첫 번째 감각이었다. 바다는 알 수 없고 하늘은 더 몰라서 들어간 길이 나오는 길이 되지 않았다. 물질해 번 돈은 저승에서 번 돈이라며, 해녀들은 저승에서 벌어 이승의 아이들을 먹이고 공부시켰다. 한진자 씨도 그랬다.

"해녀들 머릿속에는 바다 지도가 따로 있다던데요. 그게 저승 지도였네요."

"지도가 있으면 저승도 한 번씩 갈 만하지."

반대로 내겐 지도가 없어 디딘 땅까지 다 저승 같은 걸까. 20년 전 하도 접었다 펼쳤다 해서 접힌 부분이 너덜너덜해진 지도를 들고 "대체 나는 어디에 있습니까?" 연신 물었던 낯선 길들에서 나는 내 세계 지도를 익히지도, 제작하지도 못했다. 그때 내가 "여기" 있다고 알려 주던 사람들은 하나같이 모르는 사람들이었다. 두 시간 넘게 이야기를 나누었지만 진자 씨와 나도 서로를 몰랐다. 이 낯선 타자들은 존재 자체로 내 위치에 대해 말을 걸어온다. 나를 설명하는 일은 그것을 수신하고 있는 '너'가 있기 때문이라고 주디스 버틀러가 말했듯이 나는 여기 있고, 너는 거기 있다는 K의 말 걸기는 차이와 동일시의 욕망을 동시에 드러내며 나에게 자신을 설명해 보려는 어색한 시도이지 않았을까. 그가 자기 속도와 목소리로 말하게 두면 그만이었는데 성급하게 내 서사적 구조 안에서 화해와 포옹 장면을 만들어 놓고 비행기를 타고 말았다. 우리는 오래 만나지 못했다. 내가 알기로 K는 그 이후로도 한국에 온 적이 없다. 그가 거기 있고 내가 여기 있어서 생기는 질문들이 쌓이고 있다. 묻고 싶다. K, 넌 너의 지도가 생겼어? 저승도 한 번씩 갈 만한 지도가?

"해삼을 못 먹……"

이미 늦었다. 진자 씨가 일회용 접시에 담아 준 해삼을 잘 못하는 젓가락질로 세 번쯤 놓쳤다. 물속에서 2분에서 3분. 물의 흐름을 감각하고 자기 호흡에 의지하는 그 시간 동안 물속은 저승이 되었다가 밭이 되었다가 하늘이 되기도 하는데 그걸 다 지도 속에 넣으려면 고생 좀 하겠다고 진자 씨는 웃었다. 그건 환대와 애도의 지도가 되기도 할 것이다.

"오늘 말 많이 걸어 줘서 고맙네. 해삼 하나 더 썰어 줘?"

받지 않겠다는 해삼 값을 테왁 밑에 끼워 놓고 도망치듯 진자 씨에게서 멀어졌다. 자갈이 깔린 해변을 걸어 한참, 긴 계단 위에서 또 한참, 얼마나 이어질지 모를 고요함 속 바다를 바라봤다. 바다 깊이 가라앉게 될 어떤 말들의 세계가, 일반적인 지도 밖의 세계가 말을 걸어오는 상상을 하면서 나는 지도앱을 켜고 내 위치를 확인했다. 나는 여전히 바다 위에 있었다. 진자 씨가 오전 내내 하강과 상승을 반복했다던 바로 거기였다.

_ _ _ _ 안 경

어 느 날 눈 을 벗 을 때

보이지 않는 것을 어떻게 말할 수 있냐고, 미선 씨가 물었다. 서쪽 도시의 작은 도서관에 들어서는 순간부터 어딘지 모르게 배타적인 시선으로 비스듬히 눈을 맞추던 노인이었다. 도서관 앞 벤치에서 바스락바스락 소리를 내며 비닐봉지에 든 백설기를 오물거리던 그에게 건넨 눈인사가 무안해졌다. 그런 노인들이 간혹 있었다. 더는 자기 삶에 인간을 추가하지 않겠다는 강한 의지가 느껴지는. 완전히 지친 탓일 거라고, 나는 내 경험에서 강도를 몇 단계 높여 그들 상황을 짐작했다. 앞으로 10년쯤 이 관계의 회의감이 유지된다면 저 노인보다 빨리 시선을 팅겨 내며 살지 몰랐다. 다행인지 불행인지 아직 그만큼 지치지는 않았다. 안녕하세요. 내가 그에게 인사했다. 이번에도 반응이 없어 머쓱해질 수 있겠다 각오했는데 깜짝 놀랄 반응이 돌아왔다.

"아이구, 혹시 멀리서 오신다던 선생님이신가?"

그러고는 바스락바스락 새 백설기를 꺼내는 손. 괜찮습니다, 했지만 아랑곳없이 내게 봉지를 내밀던 손이 잠깐 허공에서 멈칫거렸다. 내가 서 있는 지점까지의 거리를 잘못 감각한, 일종의 오류가 느껴지는 움직임이었다. 내가 잘 안 보여서. 그 말을 듣고 황급히 손을 뻗어 봉지를 받았다. 나와 시선이 마주쳤다고 느꼈던 건 착각이었다. 그 이후로 섣불리 세웠던 가설들을 달아오르는 두 뺨

145

과 함께 폐기 처분하면서 죄송해요, 했다.

"오느라 고생했을 것인데 뭔 죄송이오."

기다렸다가 같이 들어가야 하나, 도와줄 분이 계신
가 두리번거리자니 마침 담당자가 밖으로 나왔다. 얼결
에 인사를 하고, 담당자의 손에 백설기가 건네지는 걸 보
고, 익숙한 몸짓으로 노인을 이끄는 담당자를 따라 안으
로 들어갔다. 반장이라고 자기를 소개한, 모인 사람들 사
이에서 막내일 것 같은 홍선 씨가 집에서 직접 내려 왔다
며 보온병 뚜껑에 커피를 담아 건넸다. 겁이 날 만큼 새카
맸고, 맛도 그랬다.

"고맙습니다. 향이 좋네요."

홍선 씨가 내 앞에 아예 보온병을 내려놓고 갔다.

"아니…… 괜찮……"

커피 탓인지 심장이 급하게 뛰기 시작했다. 맨 앞줄
에 앉아 있는 미선 씨가 보였다. 백설기에 대한 보답으로
커피를 나눠 드릴까. 아, 그건 좀 아니다. 잠깐이라도 은
혜를 원수로 갚으려 한 나 자신을 책망하며 반성하는 의
미로 커피는 혼자 다 마시기로 했다. 아마 그 순간이었을
것이다. 갑자기 미선 씨가 선생님, 하고 불렀다. 네. 작가
선생님들은 눈에 안 보이는 것도 쓰고 그런다면서요? 그
가 시력을 잃고 있다는 건 어렵지 않게 짐작할 수 있었다.
그 방의 누군가는 청각을 잃어 가거나 이미 잃었고, 다른

누군가는 미각이나 후각을 일찌감치 잃었거나 잃어 가고 있었다. 살아간다는 건 많은 사라짐 뒤에 서서 자신의 순서를 기다리는 일이라던, 동쪽 소읍에서 만난 80대 미자 씨의 말에는 감각도 포함되지 않았을까. 감각은 세계를 인식하고 그것과 관계를 형성하게 하는 능력이다. 감각을 상실하면 신체 내부와 외부 환경의 변화를 감지할 수 없게 된다. 감각에 따른 의식 변화에도 지장이 생긴다. 그나마 기댈 수 있는 건 기억인데 그조차 흐릿해진다. 나는 그들이 느낄 불안의 크기를 상상하기 어려웠다. 심장을 폭력적으로 투과한 시간이 남긴 것. 매일 조금씩 그무러지고 지워지는 세계와 자신의 최후를 애써 외면하면서 그들은 거울 앞에서도 흐린 눈이다. 그 눈. 몇 개월 후 병원 화장실 거울 속에서 하얗게 사라지던 내 눈처럼.

서너 시간이 걸린 검사 결과는 허무하기까지 했다. 대부분 기다림에 쓴 시간이었지만 물이 흘러 어딘가에 닿으면 그곳이 물의 이름이 되기도 하는 것처럼 검사실에 들어가면서 시간도 목적과 효용에 닿아 언어로 기억된다는 걸 새삼 떠올렸다. 새삼. 병원에서는 많은 일이 그렇게 경험된다. 숨을 내쉬고 참고, 눈을 깜빡이고 깜빡이지 않고, 몸에 힘을 주고 힘을 빼고…… 일상에서 의식 없이 행해지는 반응과 장기의 감각이 부자연스럽게 제어되는 동안 눈꺼풀과 손가락 끝이 자주 파르르 떨렸다.

"치료 후유증으로 보입니다. 검사 결과 다른 기능 이상은 없어요."

단박에 이해되지 않는 말을 속으로 여러 번 되뇌면서 어쨌든 다른 부분에 문제가 없다, 라는 긍정의 방향으로 몸을 틀지, 원인을 알 수 없으니 언제 괜찮아질지도 모르는 미지수의 영역이 또 넓어져 버렸네, 하는 고단함의 방향에 그대로 서 있을지 망설였다. 치료 초기에 임시 거처로 삼을까 했던 긍정의 세계에서 일찌감치 튕겨 나온 터였다. 이미 몇 가지 부작용과 후유증으로 확장된 부정성의 영역에 두 눈이 포함된다고 한들 뭐가 그리 달라질까 했다. 그러나 달랐다. 읽고 쓰는 일이 생업인 사람에게 하루 대부분 눈을 쓰기 힘든 상황은 난감하다 못해 치명적이었다. 눈앞이 흐려지면서 읽지 못하고, 읽지 못하면 쓰지 못하고, 쓰지 못하면 나를 돌볼 수가 없었다. 이런 불능은 거듭 불안을 불렀다.

"안경도 도움이 안 되는 거죠?"

"눈을 쓰는 동안 편할 수 있죠. 상태가 어떻게 변할지 모르니까 너무 좋은 테로 맞추진 마시고요."

협진을 위해 소개받은 안과 담당의는 새 안경을 맞추는 데 필요한 검사 결과지를 건네면서 "테"를 힘주어 발음했다. 그걸 기억했다가 나도 안경원에서 거기에 힘을 줬다. 내 의중을 읽은 것처럼 안경사가 말했다. 많은 분이 안경알만 중요하다고 생각하시죠. 테두리도 중요합니다. 다 중요하다. 몸도 정신도 외과도 내과도 기억도 망각도 안경알도 안경테도. 다 중요해서 돈이 많이 든다. 돈이 많이 드니까 중요하다고 믿는 편이 낫다. 그러나 누군가는 눙치는 언변으로 비싼 테를 권하는 안경사에게 이렇게 말했다.

"그거 말고도 중요한 거 많아. 나한테 중요한 걸 왜 자네가 정해?"

눈이 잘 보이지 않거나, 귀가 잘 들리지 않는다. 미각이 둔해지고 발음도 불명확하다. 노인들은 으레 그런 상황에 놓여 있다는 걸 자주 깜빡한다. 일 년에 한두 번 노인을 대상으로 하는 수업이나 인터뷰를 진행하는 시간 외에 노인들과 마주치거나 시간을 보낼 일은 거의 없다. 그들에 대해 무지한 줄도 모르고 무지하다. 어쩌다 만날 때마다 그 사실을 부끄럽게 깨닫는다. 미선 씨는 잘 보이지 않아서 할 말이 점점 없어진다고 했다. 살아남은 몇 안 되는 친구들은 드라마도 보고 자식들이 보낸 문자도 본다는데, 그걸 가지고 종일 자랑하는데 자기는 그러질 못해서 보이지 않는 걸 말하는 법을 배우고 싶다고 했다. 나는 준비해 온 강의록을 덮었다. 미선 씨에게 받은 백설기를 꺼내 손에 쥐고 눈을 감았다. 온기가 남은 떡은 베개 같아요. 씹으면 잠을 먹는 듯 빛이 가라앉고 문득 잘못했어요, 하는 소리가 들려요. 아, 그건 두부인가. 노인들이 까르르 웃는다. 그렇게 시작했다. 짝을 이루어 눈 감은 짝의 손에 무언가를 쥐여 주고 그것에 대해 말하는 걸 듣기. 손수건, 빗, 손소독제, 휴대폰, 반짇고리, 립스틱, 안경…… 처음에는 촉각을 써서 그게 뭔지 맞추기에 연연하다가 조금씩 묘사가 붙더니 자연스럽게 그 사물에 얽힌 자기 이야기가 이어졌다.

보이지 않는 꿈과 기억, 죽은 사람에 관한 이야기가 작은 교실 안을 이리저리 흘러 다녔다. 미선 씨의 얼굴이 더는 벽 같지 않았다. 주름이 잘 잡힌 커튼이 하늘하늘 움직이면서 안과 바깥의 이야기를 슬쩍슬쩍 서로에게 전하는 것처럼 노인들은 나란히 앉아 서로 소곤소곤했다. 문득 오랜 시간 후의 내가 거기 앉아 있기도 했다. 말없이 그들이 소곤소곤 나누는 걸 듣고 웃는 오래된 나.

"안경을 쓰면 좀 낫소?"

"쪼매 잘 보이는 거지 뭐 크게 낫겠어요. 눈을 다 써버려서 그런 걸."

"전부 썼지. 사느라 다 써 버렸지."

미선 씨는 그날 생에 처음으로 안경을 맞춰 볼까 한다고 도움을 청했다. 담당자와 내가 역으로 가는 길에 그와 동행하기로 했다. 안경원에 들어서며 미선 씨가 말했다.

"내가 눈을 하나 살라고 왔소."

사느라 다 써 버린 이의 꼿꼿함 같은 것이 한껏 곧추 세운 말투였다.

'보인다'와 '보이지 않는다' 사이에는 무엇이 있을까. 활자가 익숙한 모양과 의미로 나를 안심시키다가 돌연 스르르 안개 속으로 사라지는 순간이 온다. 눈을 비비거나 깜빡여 봤자 안개는 걷히지 않는다. 눈을 감고 한동안 쓰지 않는 게 제일 빠른 회복법이라는 걸 이제는 안다. 보이지 않을 때는 보지 않아야 한다. 그렇게 쓰고 나면 명확해지는 느낌이지만 볼 수 없을 때 불안은 안개처럼 퍼지고 분노로 가장한 슬픔이 팽팽해진다. 그러다가 팽팽하게 당겨 잡고 있던 줄이 뚝 끊어지며 주저앉는 방식의 체념이 일어난다. '보인다'와 '보이지 않는다' 사이에 불안과 체념이 놓인다. 아마도 나는 불안 쪽으로, 미선 씨는 체념 쪽으로 기울어져 있었을 것이다. 불안이 체념을 어렵지 않게 이해하니까, 아니 체념이 불안을 더 잘 이해할 테니까 예전 미선 씨의 말은 앞에서 온다. 기다리고 있었다는 듯이. 못 보면 그립고 보면 지겹고. 들을 때는 무슨 랩 같아서 웃고 말았던 그 말의 풀이가 느릿느릿 이루어진다. 눈앞에 없어서 그립고 불안하던 무언가를 막상 앞에서 볼 수 있게 되면 금세 지겨워지다가 체념한다. 영원할 수 없다. 미선 씨는 그걸 심욕이라고 했다. 욕심과 심욕이 그에게는 같지 않았다. 내게도 더는 같지 않고 보는 일과 연결되는 모든 지배 경향, 권력 충동이 심욕이 된다.

이데아의 어원인 '이데인(idein)'은 '본다'와 '안다'의 의미를 모두 가지고 있다. 시각의 본질은 대상을 인식하고 드러내고 이해하며 통제하려는 욕망과 결부된다. 하이데거에게 근대는 "모든 것을 자신 앞에 놓인 대상으로 파악하는 시대"이며, 그런 시대에는 무언가를 지배하기 위해, 대상화하기 위해 본다. 그리하여 본다는 건 자연스럽게 행위의 권력을 동반한다. 일방적인 '보기'가 형성하는 지배 가능의 확신은 어떻게 무수한 이미지 폭력 범죄 앞에 노출된 여성들을 대상화하는가, 까지 생각이 미치자 카메라와 화면 뒤에서 번뜩이는 여러 개의 눈들이 떠오르며 끔찍해진다. 내 눈은 반복적으로 흐려지고, 미선 씨는 뜬 눈으로 감은 눈이 되어 가는데 왜 그 눈들은 점점 광이 날까. 차마 볼 수 없다는 마음, 보지 않으려는 의지로 이루어져 온 인간의 순간이 희박해진다. 내 눈의 한계 시간인 두 시간이 지났다. 보기 위해 보지 않아야 할 시간이다.

일주일 후 만난 미선 씨 얼굴에 안경이 없었다. 자주 깜빡해서 그런 것인가 물었더니 미선 씨 대답이 뜻밖이었다.

"못 쓰겠더라고. 너무 또릿또릿하니까 겁이 나서."

곧바로 이해하기 힘든 말이어서 고개를 갸웃거리는데 옆에서 노인들이 거들었다. 무섭지. 맞아, 나한테 화르륵 달려드는 것 같고. 저만치 멀리 있는 게 편하지. 작은 교실에서 이상한 간증이 합창처럼 울려 퍼졌다. 여전히 어색하게 웃고 서 있는 나에게 미선 씨가 쐐기를 박았다.

"보이면 간섭해야 하니까 그도 귀찮은 일이고."

홍선 씨가 와르르 웃더니 며칠 전에 손자가 홍선 씨네 감을 몰래 따는 걸 분명히 보고도 "안경 없어 못 봤다" 하던 옆집 노인 이야기를 했다. 음흉한 노인네. 그냥 넘어

가. 귀찮게 뭘 그런 걸 따져. 노인들이 아직 젊은 축에 끼는 홍선 씨 말고 그 옆집 노인 편을 들었다. 여성노인이 사용하는 단어와 어법을 따로 모은 사전 편찬이 필요한 시점이었다. 그들의 '귀찮다'는 말에는 쉽사리 판단하지 않고 여지를 남기는 행위 외에도 수십 가지 경우가 포함되어 있었다. 누군가는 그걸 소심함이나 수동성, 비겁함으로 못 박기도 하겠지만 내게는 그들이 입버릇처럼 꺼내는 귀찮음이 어제의 원수 입에 밥을 넣어 주고, 굳이 폐를 끼치면서까지 자기 몫을 챙기려 하지 않는 선택들의 이유로도 보였다. 덕분에 섣부르고 서툰, 나 같은 사람들의 자책이 유예되기도 했다. 그 뭐 별일이라고. 타인의 실수 앞에서 언뜻 배려 같기도 한 그 말은 그냥 따지기 귀찮고 길게 말하기 귀찮고 자신이 살아온 시간에 관해 설명하기도 귀찮다는 의미였다. 아픈 몸으로 산 지 2년째, 나도 같은 말을 하고 있었다. 그게 뭐라고. 그럴 수 있지. 귀찮았다. 지친 것도 같았다. 안경을 자주 벗었다.

미선 씨 손에 마지막으로 들린 건 짝꿍의 안경이었다. 옆 사람이 손에 쥐여 준 것을 촉각과 후각, 청각 등을 이용해 묘사해 보는 시간 내내 여기저기에서 웃음이 터졌다. 뭐가 그리 재밌는지 궁금해서 여기저기 참견하며 돌아다니다가 미선 씨 자리로 왔을 때 귀에 꽂히던 말.

"차갑고 귀찮은 거네."

본다는 건 차갑고 귀찮아지는 일이기도 하다고, 점점 윤곽이 흐려지고 곧 사라질지 모를 누군가의 얼굴 앞에서 굳이 모질지 않으려는 마음으로 더듬더듬 살아가도 괜찮다고, 미선 씨는 말하지 않았지만 내게는 기어이 들렸다. 그가 내 앞에 없어서, 보이지 않아서 더 잘 들리는 말이었다. 불안해도 괜찮았다.

백 지

바람과 바람이 만나는 공간

어느 해의 입춘, 제주 관덕정에서 굿판이 벌어졌다. 무당을 가리키는 제주 방언, '심방'이 굿으로 신들을 불러들이는 날이었다. 마을의 본향신을 모시는 심방 중에 대표를 뽑는 날이기도 했다. 춤 잘 추고 사설을 정확하게 읊는 이가 대표가 되었다. 심방들이 이끄는 길을 따라 신들이 지상으로 내려왔다. 언제나 바람과 함께였다. 창호지로 얼굴과 팔다리 모양을 또렷하게 오려 낸 기메가 펄럭, 그 사실을 알렸다. 제주의 바람과 굿판에 모인 산 사람들의 바람이 섞였다.

"심방의 조상님들께 일 배 올립니다."

J는 합장한 채 깊이 허리를 숙였다.

그 시절에는 어떻게 사람을 찾았을까? 신주쿠의 흔한 비즈니스호텔 방에서 아버지가 아버지의 아버지를 만나는 장면을 간혹 상상해 보곤 한다. 세 살 때 헤어졌다고 했으니 35년 만이었다. 아버지의 아버지는 아들과 눈 한번 제대로 맞추지 않고 침대 위로 하얗고 두툼한 봉투를 툭, 던지듯 내려놓더라 했다. 이것 때문에 굳이 나를 찾은 게 아니냐 되묻듯이. 아버지가 어머니에게 낮게 하는 말들을 들으며 나는 아랫입술을 꾹 깨물었다. 말과 말 사이, 아버지의 울음소리를 처음 들었다. 잠든 척에 능했던 여섯 살쯤, 신체 어딘가가 찢기는 슬픔이 내게 전해졌다. 누군가의 슬픔을 알게 되면 세상이 달라진다. 여섯 살에 이미 해맑기에는 늦어 버린 것이다. 잠든 척에 이어 슬프지 않은 척을 배웠다. 눈과 입을 꼭 다물기, 숨을 살살 쉬기 등 비슷한 면이 있었다. 아버지가 내 머리를 쓰다듬었다. 들키지 말아야 해. 그러다가 잠이 들었는데 하얗고 두툼한 봉투가 무섭게 쫓아왔다. 그때까지 할아버지 얼굴을 본 적이 없어서 한참 동안 내게 할아버지는 하얗고 두툼한 봉투 모양이었다. 지금 생각하면 이상하지만 여섯 살에는 이상하지 않았다.

"테레사 학경 차의 비디오 설치작 〈망명자EXILE〉는 1980년 작품으로, 화면에 프랑스어와 영어 단어가 번갈아 제시되며 철자 놀이를 이어 갑니다. 추방자, 망명자를 의미하는 프랑스어 EXILE가 첫 번째로 제시되고 그다음으로 망명자에서 'EX'가 사라진 ILE가 등장합니다. ILE는 프랑스어로 섬을 의미합니다. 여성명사이고요.

'EX'는 본래, 이전을 의미해요. 그러니까 망명자에게서 본래의 무엇, 근원이 사라지며 섬이 되는 거예요. 단 두 단어를 차례로 제시하는 것만으로 디아스포라의 정체성과 존재 양상이 우리에게 전해집니다. 놀랍죠."

《딕테》강독 수업의 참여자들은 자기 위치성을 예민하게 감지하는 편이었다. 최소 10주 이상 지금은 세상에 없는 한 여성 작가의 유산이나 다름없는 작품을 함께 읽으면서 상상할 수 있는 모든 경계를 그렸다가 지웠다가 했던 것도 같다. 내가 선 안쪽에서 잠시 안락해지려고 할 때마다 새로운 선이 그어지고 나는 추방당했다. 참여자들에게도 그 경험은 익숙한 것이어서 우리는 다 이해하지 못하면서도 그 유령 같은 글과 허물어지며 재건축되는 마법의 성 같은 구조를 마음껏 좋아했다. 그러느라 자주 소름이 돋았다.

처음 내게 테레사 학경 차를 알려 준 사람은 영국 백인 남자였다. 내가 당연히 알고 있으리라 생각한 그의 질문은 단순했다. 《딕테》알지? 몰랐다. 모른다고 하기 싫었다. 나는 천연덕스럽게 대답했다. 오브 코오스. 그날 밤 J에게 연락해 한국에 그 책이 번역되어 있는지 물었고, 그는 알아보겠다고 했다. 여러 사정으로 그로부터 1년이 지나서야 나는 그 책을 손에 쥘 수 있었다. 테레사 학경 차는 다른 지면에서 세계의 물질과 그것을 받아들이는

161

관객/독자를 연결할 수 있는 "연금술적 경로"를 생성하는 것이 예술가의 임무라고 썼다. 예술가의 길은 영매의 길이라고. 그 길에서 변화, 물질, 인식을 갈망한다고. J와 나는 《딕테》를 읽느라 만나 서로에게 칼자국처럼 남겨진 경계, 거기로부터 추방당해 본 몸의 조각들을 나누며 친해졌다. 내 몸에 큰 사건이 생길 때마다 J는 자기가 아는 모든 종교 사원을 찾아 손을 모으고 초를 밝히고 거듭 절을 했다. 인간 형상을 한 기메 사진을 찍어 보낸 것도 그였다.

제주는 일만 팔천 신들의 고향이었다. 인간과 신을 이어 주는 무속 도구 중 하나로 알려진 기메도 현재까지 60여 종이 전승되고 있다. 하얀 창호지를 오려 만든 신의 형상은 인간을 닮았다. 기메가 신을 대행하는 거냐고 묻자 J는 신과 인간을 매개하는 매체이자, 전통 종이 예술이고, 바람과 (사람들의) 바람이 만나는 공간이라고 설명했다. 나는 마지막 부분이 가장 마음에 들었다. 바람과 바람이 실존하는, 하얗고 빈 곳. 바람들의 실존이 거기 있었다. 일만 팔천 신들이 일 년 중 지상을 비우는 기간을 '신

구간'이라고 하는데, 대한 지나 5일째 되는 날부터 입춘 3일 전까지의 일주일이 그 시기로 이때 자리를 비웠던 신들을 다시 불러오는 게 입춘굿이었다. J는 신화 속 바리데기가 아마도 저렇게 생기지 않았을까 싶은, 비교적 어리고 단단하게 생긴 심방 하나가 자기 가까이에서 춤추는 걸 보고 자기도 모르게 눈물이 나더라 했다. 버려진 딸들의 대표자. 어둡고 습한 미지의 지하에서 살아 돌아와 하강과 상승의 길을 내는 최초의 심방. J와 나는 바리데기가 자신의 일부를 어둠 속에 남겨 두고 있다는 점에 위안받고는 했다. 심방과 같은 열린 몸의 매개가 되는 것이 작가의 소임이라고 여겼던 테레사 학경 차도 이제 땅 밑, 어둠 속에 자기의 일부를 남겨 두고 우리를 기다린다. 그래서 굿은 언제 시작해? 나와 같은 질문에 바리데기를 닮은 심방이 이렇게 답하더라고 J가 전했다.

"걸 것을 걸고, 놓을 것을 놓고, 맬 것을 매고, 세울 것을 세운 다음에."

아버지의 아버지는 일본에 서적을 구입하러 갔다가 전쟁이 터지는 통에 돌아오지 못했다고 했다. 서점을 했어요?

그래. 처음 그 이야기를 들었을 때는 궁금한 게 많지 않았다. 어떤 서점이었을까. 어떤 책을 주로 판매했을까. 그 정도였다. 좀 지나서야 그러면 남은 아이 셋과 시부모를 여자 혼자 돌봤다는 건가, 하며 할머니를 다시 보게 됐다. 자기 입에 들어가는 것도 아까워하던 양반이었으니 유일한 아들의 자식이라고 남달리 예쁨받은 기억은 없고, 내가 가까이 놓인 반찬을 종손인 남동생 앞으로 옮겨 놓는 일은 몇 번 있었다. 시집살이가 말도 못 하게 혹독했다고, 어머니는 지금도 할머니 이야기에는 표정이 달라진다. 한 여자의 생으로 보면 얼마나 각박하고 막막했을지 모르진 않아도, 라고 시작해 그래도 독해도 너무 독했어, 라고 마무리된다. 아버지가 작심하고 할머니와 각을 세우면서 치른 한바탕 난리 후에야 비교적 평온해졌다고 해서 나는 아버지도 다시 봤다.

할머니의 첫 일본행에 보호자 겸 동행으로 선뜻 따라나선 건 여섯 살의 잠든 척과 슬프지 않은 척으로부터 남은 낡은 연민 때문이었다. 아버지와 나, 할머니가 일본에서 할아버지를 만났다. 일본인 아내는 세상을 떠났고, 둘 사이에 낳은 아들 셋 중 막내아들 내외가 할아버지와 함께 살고 있었다. 할머니는 40년 만에 남편을, 나는 처음으로 할아버지를 만났다. 할아버지는 울었고, 할머니는 고개를 돌렸다.

"마지막이지 싶어서."

모두 알고 있었지만 입에는 올리지 못했던 말. 40년이면 가슴에 헛묘를 만들고도 남았을 텐데, 이미 몇 번이고 혼자 끝과 마지막에 다다랐을 텐데 단 한 번도 소리 내 말하지 못했을 그 마지막. 비로소 할머니는 그것으로부터 자유로워졌다는 듯 한숨을 크게 쉬었다. 할아버지와 함께 보낸 사흘 동안 할머니는 일관되게 덤덤한 표정이었다. 툭하면 눈물을 비치는 할아버지와 퍽 대조적이었다. 해녀 고무 옷 같던 할머니의 얼굴. 주름이며 숨소리까지 단단해서 농치는 농담 한마디도 끼워 넣기 힘들었던 시간 내내 할머니 손에는 하얀 가제 수건이 돌돌 말려 있었다. 해녀 고무 옷은 1970년대 초 일본에서 수입된 거라고 했는데. 야마토 원단이라고 했나? J, 네가 제주의 여자들에 대해 말할 때마다 나는 자꾸 할머니 생각이 났어.

"이 기메는 너야. 신이 깃들어 보호할 너야."

팔다리가 짧은 걸 보니 내가 맞는 것 같다고 나는 농담을 했다. 이전에 경험했던 것과는 다른 싸움이 내 몸을 상대로 불규칙하게, 비균질적으로 진행 중이었다. 나는 죽을 수도 있었고, 어쩌면 살 수도 있었다. 사람은 다 죽는다. 아버지도 죽었다. 할머니, 할아버지도 죽었다. 당연한 이야기를 뜻밖의 때에 들어서 좀 놀랐을 뿐이다. 생각해 보면 아, 검사 결과 당신은 영영 죽지 않겠네요 쪽이 더 놀라운 거지. J가 찍은 동영상 속 기메가 파르르 바람에 떨었다. 기메는 굿판을 신들의 장소로 만든다고 했다. 신들이 내려와 인간과 만나는 장소. 더 정확히는 신과 인간, 죽음과 삶, 저승과 이승, 보이지 않는 것과 보이는 것, 망각과 기억, 어둠과 빛이 뒤섞이며 경계 대신 길을 만드는 곳이다. 이 굿판의 상징물이자 신을 인도하는 깃발, 더 나아가 신의 역할을 수행하는 신체(神體)인 기메가 바람과 바람을 삼켰다가 뱉을 때 굿판은 세계의 수수께끼가 아름답게 재현되는 무대가 된다. J가 굿판에서 가장 큰 깃발을 보여 주며 말했다. 저게 우주목이야. 신들이 하강하는 길을 여는 나무 역할을 하는 거야. 신이 내려오는 길은 인간이 죽고 나서 갈 길이기도 할 것이다. 신의 길을 닦아 인간의 질서 즉, 생사를 회복한다. 심방들의 얼굴이 반질반질 땀에 젖어 갔다.

하얀색은 색이 아니다. 비어 있다. 그리고 무(無)로 꽉 차 있다. 테레사 학경 차는 하얀색을 검은색만큼 잘 알고 있었다. 그의 퍼포먼스와 영화 작업 속 흑백, 있음과 없음, 비어 있음과 꽉 들어참의 경계 흐리기는 굿판의 그것과 흡사하다. 그가 작업에 즐겨 사용했던 영화 스크린, 레이스, 커튼, 베일, 얇은 거즈, 구름, 그늘, 일식, 하얀 비밀 등은 가리면서 열고, 감추면서 드러내는 어떤 변장과 은닉, 가면의 모호함에 대한 알레고리다. 또한 마음에 맺히는 상을 어둠 속에서 영사(映寫)할 수 있는 빈, 하얀 것들이다. 물도. 그지? J가 반색했다. 역시. 너무 많은 사람이 죽었다. 죽어 어딘가로 흘러가 버렸다. 흘러야 하는 존재들의 상징적 장소인 물. 물로 둘러싸여 있는 섬. 섬은 근원이 사라진 망명자. 떠나온 곳을 잃은 디아스포라. 부모를 잃은 딸……

"네 엄마는 나한테 화가 난 것 같다."

할아버지가 아이처럼 울면서 아버지에게 하는 말을 듣고 정작 화가 난 건 나였다. 한 여자가 세 자식과 시부모를 혼자 먹이고 돌보며 살아온 40년의 세월을 눈 딱 감고 서랍에 넣어 둔 채 일본까지 날아온 거다. 죽은 거나 다름없던 사람이 이렇게 살아 있다. 어린 내가 대강 짐작만 해도 할머니는 어지럽고 사무치다가 혼란스럽고 화가 날 것 같았다. 할아버지가 없었잖아요. 할아버지가 잘못한 거잖아요. 내 말에 내 눈물이 터졌다. 할아버지가 웃었다. 할머니 입꼬리도 슬며시 올라갔다. 아버지가 내 머리를 쓰다듬었다. 어른들이란. 순 거짓말쟁이들. 할머니가 가제 수건으로 내 얼굴을 거칠게 훔쳤다. 부드러울 줄 모르는 사람이었다. 그렇게 살 수 없었기 때문이었다. 헤어질 때도 할아버지만 울었다. 공항에서 마지막 통화를 하면서도 할아버지가 재차 울자 아버지가 할머니에게 휴대폰을 넘기려 했지만 할머니는 단호하게 고개를 저었다. 정말 마지막일지도 모르는데……. 내 시선을 의식했는지 할머니가 변명하듯 말했다.

"우리는 독해서 이런 걸로 안 운다."

그러니까 그 '우리'가 누굴 말하는 건지, '이런 걸로' 울지 않으면 도대체 어떤 걸로 혼자 울었는지, 우리 엄마는 왜 그렇게 미워한 건지, 나는 이제야 알고 싶다. 그때 비행기에 나란히 앉아 물을 수도 있었던 걸 묻지 못했다. 할머니의 시선이 너무 멀리 가 있어서였다.

"이런 걸 주더라."

할머니가 가제 수건으로 싸 둔 금반지를 보여 줬다. 세 개였다.

"1년에 하나씩 쳐서 40개 달라고 하지. 왜 세 개만 줘."

"나 죽으면 이건 다 너 해라."

"응? 왜요?"

"고맙다."

우리는 말없이 서로 다른 방향으로 아주 멀리 봤다.

할아버지, 아버지, 할머니 순이었다. 차례차례 죽었다. J도 죽었다. 아직 내 차례는 오지 않아서 나는 자주 그 희고 비어 있어 꽉 찬 것들에다가 떠난 이들과의 기억을 비춰 본다. J가 백지를 오려 만든, '신이 깃든 나'라던 기메와 할머니의 가제 수건도 그 목록에 둔다. 망자를 다시 죽이지 않기 위해서. 올해 처음 만들어 본 기메는 유독 J를 많이 닮았다. 실은 그랬으면 하는 바람과 바람.

쇠락과 쇄락 사이

나이 듦에 대해 생각하기 좋은 계절은 봄이다. 의외로 그렇다고 마담 J가 말했다. 죽음에 대해서도 그래요. 내가 대꾸했다. 말과 마음의 거리를 가늠해 보려는 듯 마담 J는 내 심장 부근을 물끄러미 바라보다가 다음 날 약속 장소를 다시 한번 일깨웠다. 최근 손 떨림이 심해진 80대 여성노인과 외부에서 만날 약속을 한 순간부터 나는 만약에 일어날지 모를 여러 좋지 않은 일들로 머릿속이 터질 것 같았다. 가 보면 좋아할 거야. 마담 J는 그런 한가한 소리만 했다. 손과 함께 그의 언어들도 떨렸다. 그렇지 않아도 명확하게 들리지 않는 타국의 언어를 해독하느라 나는 그를 향해 몸의 솜털까지 기울이고 있었다. 지나치게 고요한 마담 J의 거실에서도 그래야 했으니 사람과 소음이 많은 곳에서는 더 피곤해질 게 뻔했다. 그렇긴 해도 나는 그가 하는 말들을 대체로 좋아했다.

"늙는다는 건, 기억이 머리에서 내려와 더 깊은 거처로 옮겨지는 거야."

그래서 손이 떨리는 거라고 했다. 알 듯 모를 듯한 말이었다. 주로 그렇게 단일하고 분명한 의미로 해석되지 않는 말들을 그는 느리고 불분명하게 했다. 그럴 때 그의 몸은 꼿꼿하고 표정은 당당했다. 일주일에 한 번 한글 수업 이외에도 마담 J와 종종 시간을 보낸 건 아마도 그래서였을 것이다. 으레 여성의 몸에 축적되는 자기혐오가 그에게서는 느껴지지 않았다. 말은 어눌해도 몸은 떳떳했다. 언어에 구멍이 뚫린 것처럼 공기가 새는 소리가 말소리에 섞일 때도. 잠시만요, 하고 나는 그 말들을 기록했다. 어떤 틈새 밖으로 흐르는 소리를 기록하고 싶었는지도 몰랐다. 그에게 여러 번 다시 묻고, 가끔 철자를 확인했다. 그런 순간에는 늙은 건 마담 J가 아니라 나 같았다. 뭐라고요? 네? 다시요. 거듭 물으면 미간에 주름이 잔뜩 생겼다.

마담 J를 만난 그해, 나는 여러 번 늙었다. 한 번은 갖고 있던 책의 반을 버리며 늙었고, 한 번은 그리니치 천문대의 날짜변경선을 왼쪽에서 오른쪽으로, 다시 오른쪽에서 왼쪽으로 넘기를 스무 번쯤 반복하며 깡충 늙었다. 마담 J에게 "뭐가 뭔지 도무지 모르겠어요. 지금은 언어가 없어요"라고 말하며 양 손바닥을 연신 비빌 때 또 한 번 불안하게 늙었던 것 같다. 무엇보다 너는 가난하니 늙을수록 비참해질 것이다, 라고 세상이 몸을 밀치듯 전하는 메시지에 미리 불행하게 늙어 갔다.

　그래서였다. 자꾸 사는 이야기만, 잘 산다는 게 무엇

인지만 이야기하는 이들로부터 멀리 떠나오느라 몇 년간 새벽 작업으로 벌어 놓은 돈을 다 썼다. 그냥 이렇게 늙고 병들고 죽게 될까. 떠나왔어도 자주 불안했다. 평생 영어만 써 온 이국의 여성노인들에게 한글을 가르치며 자주 무정형의 풍경 속으로 사라지고 싶었다. 나이 듦에 대한 불안을 팔고, 불안에 필요한 온갖 약을 팔고, 약을 팔기 위해 재차 새로운 불안을 발명하는 이들이 주식과 부동산 등으로 거래하는 미래를 나는 살 수도 훔칠 수도 없었다. 그 사실은 아무리 멀리 떠나도 변하지 않았다. 불안보다 강렬한 감정을 좇는 것으로 잠시 잊거나 좀 오래 잊거나 할 뿐이었다. 불안보다 힘이 센 감정. 그걸 좇다 보니 여성노인들 옆이었다. 그들 곁에서 죽음의 기분이나 밤의 기분이 현저해지지 않을까 했다. 그들이라면 죽음이든 밤이든 능숙하게 다룰 줄 알 테니까. 그러나 마담 J와 그의 친구들에 따르면 늙음이야말로 가장 불안한 감정이었다.

마담 J와 만나기로 한 카페는 성당 지하 2층에 위치했다. 꼭 소개하고 싶은 곳이라고 한 이유를 카페로 내려가는 계단 입구에 도착해서야 알게 됐다. 납골당을 개조해 만든 카페라니. 18세기 건축양식이 뚜렷한 성당 납골당에 석관들이 줄지어 놓인 장면이 떠올랐다. 그 안에는 이야기가 담긴 뼈들이 남아 있을 것이다. 설마 관이 테이블이고 뭐 그런 거야? 1800년대에 대부분의 시체가 옮겨지고 난 후 카페로 용도가 변경되었다는 설명이 보였다. 대부분이란 말은 '모두'나 '전부'가 아니라는 의미였다. 내키지 않는 마음 반, 호기심 반이 시소를 타다가 한쪽으로 기울었다. 나는 천천히 계단을 내려갔다. 아래로 내려갈수록 공기는 차갑고 인간은 뜨거워진다고 누가 그랬더라. 오직 죽은 인간만이 차가워진다고.

지하 2층에 다다르자 냉기가 눈동자를 할퀼 것처럼 훅 끼쳤다. 연이어 오래된 돌 냄새가 났다. 카페 입구까지 이어지는 짧은 복도가 냉기와 돌 냄새로 가득 차 있었다. 손가락이 절로 곱았다. 냉기가 등을 밀었다. 시체는 대부분 옮겨졌다고 했다. 전부가 아니라. 나는 복도에서 탈출하듯 카페 문을 세게 밀었다. 벽돌로 된 아치형 천장이 높게 보였다. 입구 가까이에 앉아 있던 마담 J가 나를 보고 손짓했다. 한때 납골당에 잠들어 있던 이들의 이름과 생몰연대가 새겨진 비석들이 깔린 카페 바닥에 시선이 머문 건 그다음이었다. 1767년 8월 28일, 마틴 경 여기 잠들다. 나는 그런 기록을 밟고 서 있었다. 얼굴도 모르는 마틴 경의 척추뼈를 밟고 선 것처럼 당혹스러웠다. 지독한 농담 같네. 편치 않은 내 표정에 마담 J가 재밌다는 듯 웃었다. 대개 사람들은 죽음보다 나이 듦을 더 두려워한다. 마담 J가 죽음을 환기하는 장소에서 그렇게 웃을 수 있는 것도 그래서일 거다. 나를 향했던 그의 손이 떨리기 시작하자 얼굴에서 웃음이 사라진 이유도. 80대 노인이 육체적 신호가 반복해서 가리키는 방향을 외면하기는 쉽지 않아 보였다. 그러나 그는 죽음이 아니라 나이 듦에 대해 '고약하다'고 인상을 썼다. 일생 애써 감추고 가려 온 것들을 매일 하나씩 적나라하게 들키고 마는 이 심술궂은 생의 과정에 대해.

한 묘지 앞에서도 비슷한 말을 들은 적이 있다. 마을에서 풍수가 가장 좋다는 무덤 앞에 낡은 초등학생용 의자를 서너 개 갖다 놓고 나란히 앉아 말린 고추를 다듬거나 멸치의 배를 가르던 노인들은 괜찮다고 사양하는 나를 번번이 그 의자들 중 하나에 앉혔다. 여성노인들만 남은 마을을 취재차 처음 찾았다가 어쩌다 보니 재차 걸음을 하게 되면서 한 밥상에 여러 번 같이 둘러앉게 된 이들이었다. 노트와 연필을 무릎 위에 놓고 그들 이야기를 듣고 있노라면 노트의 몇 문장을 주문으로 외워 어떤 미래 속으로 들어온 것 같았다. 손 그늘을 만들며 80대 노인이 70대 노인에게 자네는 아직 어려서 몰라, 하고 퉁을 주면 70대

노인이 60대 노인에게 손짓하며 "들었지?" 하는, 해가 쉽게 기울지 않는 어떤 미래의 늦여름 속에서 나는 가끔 졸기도 했다.

"다 친한 친구분들인가 봐요?"

"친한 친구들은 거진 다 죽었지."

"원래 착한 사람들이 먼저 가는 법이고."

"남은 사람들끼리 노는 거야. 남았으니까."

어떤 표정을 지어야 할지 알 수 없는 말에 자주 손으로 입을 가리고 그들을 바라봤다. 세상에 남았다는 동일성에 기대어 같이 놀게 된 사이. 그런 거라면 나 또한 어쩌다 살아남은 사람의 자격으로 그들과 앉아 있는 셈이었다. 이 우연한 시간에는 죽음과 웃음이 가장 흔했다.

"사는 게 고약한가 죽는 게 고약한가."

"남는 게 고약하지."

잘 마른 빨간 고추 한가운데를 가위로 가르며 80대 노인이 흥얼거리자 70대 노인이 받았다. 노래라도 만들어야 할 것 같았다. 고약송이라고 할까. 60대 노인이 곧장 이어받았다.

"젊음이 고약한가 늙음이 고약한가."

"시간의 심보가 고약하지."

다시 80대 노인이 받아 마무리하더니 고전 비극 코러스의 세 마녀처럼 함께 앞니를 다 드러내며 웃었다. 삶을 연신 추궁당하는 것 같아서 몸이 가는 곳마다 도피처가 되던 이상한 나이를 지나며 나는 그런 타령이자 곡조에 몸이 흔들리다가 그 늙은 여자들을 사랑하고 말았다. 사랑하며, 시몬 드 보부아르가 《노년》에 쓴 "미래에 우리가 어떤 인간인지 모른다면 지금 우리가 누구인지도 알 수 없다"는 문장을 떠올렸다. 뒤로는 모르는 이의 무덤이 있고 옆으로는 60대부터 80대까지 나처럼 어쩌다 남은, 오래 남은 여성노인들이 들으면 절로 아이고, 싶은 말들을 웅얼거리는 동안 탁 트인 마을 풍경 너머로 시간이 지나갔다. 미래가 그만큼 다가왔다. 고약한 건 시간의 심보. 마담 J가 들었다면 뭐라고 했을까. 궁금해지다가 그에게 못한 말이 떠올랐다. 끝까지 바로잡지 못해서 그와 나 사이에 아이 주먹만 한 하얀 공간을 만든 말.

"어차피 이 행성은 거대한 무덤이야."

카페 바닥에 편히 발을 내려놓지 못하는 나를 보면서 마담 J가 싱글거렸다. 마치 튀르키예계 독일 작가 에미네 세브기 외즈다마의 글 속 어머니가 "살아 있는 사람과 죽은 사람의 수를 생각해 보면 이 세상은 죽은 사람들의 세상이다"라고 말하듯이.[10] 그래요. 지금까지 다녀간 1050억 인류의 무덤이죠. 내가 위악을 약간 섞어 대꾸했다. 마담 J가 테이블 위에 책 한 권을 올렸다. 영국에 오기 전 내가 정리해 버린 책들 중에도 같은 게 있었다. 그렇다고 하자 그가 고개를 끄덕였다.

"나도 버린 적이 있어. 그래서 다시 샀지."

"왜요?"

"싫었던 게 다시 좋아질 만큼 나이를 먹은 거지. 더 살면 다시 싫어질지도 몰라."

유럽의 민담과 동화 여러 편을 묶은 그 책을 내 쪽으로 가져와 넘겨 봤다. 문득 내가 더 두려워하는 게 나이 듦으로 인한 변화인지, 아니면 불변인지 모호해지는 기분이 들었다. 나이 듦이 나에게 감당케 하는 많은 일들은 너무나 사회적이고 정치적인 데다가 문화적이기도 해서 저항하기가 쉽지 않았다. 불행하고 불안하다가 어쩌면 그저 그래야 할 것 같아서 불행과 불안을 흉내 내고 있는 건 아닌지 종종 의심하기도 했다. 그랬다고 하자 그가 또 한 번 고개를 끄덕였다.

"나도 죽음을 두려워하는 척을 하고 있는 건 아닌지 의심할 때가 있어."

"여기 오신 거 보면 확실히 그런 것도 같아요."

"매주 여기에서 언니를 만나 차를 마셨어. 애플 크럼

블 파이를 꼭 시켰지."

"파이 위에 아이스크림은요?!"

물론 올렸지, 하면서 일순 그의 표정이 환해졌다. 마담 J의 언니는 3개월 전 세상을 떠났다. 나와 한글 공부를 시작한 시점과 맞물렸다. 소중한 누군가를 잃고 나서면 외국의 언어를 배우려 한다는 공통점이 우리에게 있었다. 상실 이후의 언어를 갖지 못해서, 우리는 한동안 침묵 속에서 늙었다. 그에게 시간의 고약한 심보라는 표현을 알려 줄 수 있었다면 좋았을 것이다. 대신 나는 쇠락과 쇄락을 가르쳐 줬다. 문제는 둘의 의미를 뒤바꾸고, 떠나기 전까지 바로잡지 못했다는 거였다. 기분이나 몸이 상쾌하고 깨끗하다는 의미의 '쇄락'을 '쇠락'이라고 써 준 거였다. 마담 J는 쇠락이란 단어를 좋아했다. 이 말에서는 바람 소리가 나는구나. 상쾌하고 깨끗하다는 의미를 그래서 외우기 쉽겠어. 오랜 후에야 반대로 가르쳤다는 걸 깨달았다. 그가 좋아했던 건 쇠락일까 쇄락일까.

더 한참 후에야 쇠락과 쇄락의 의미들이 나이 듦의 양면성을 비유하는 것처럼 읽혔다. 우리는 상실 이후의 언어를 갖지 못한 채 헤어졌지만 마담 J 덕분에 알게 된 사실이 있었다. 나이 듦은 쇠약하여 말라 떨어지는 일방향의 쇠락이 아니라 어떤 면에서 자유롭고 깨끗해지는 쇄락을 동시에 내재하는 과정이라는 것. 그건 무덤가의 노인들도 마찬가지였다. 무덤을 등 뒤에 두고 하얀 머릿수건을 두른 노인들이 언젠가 본 화장하고 남은 뼈 이야기를 심상하게 나누었다. 뼈가 그렇게 환할 줄 몰랐네. 처음 봤는가? 응. 나는 처음 봤지. 머리 허옇게 세다가 허연 뼛조각 몇 개로, 결국 사람은 그리되는 건데. 노인들이 또 그렇게 곡조 타듯 말을 이었다. 연필을 쥐고 받아 적기 바쁘다가도 그런 말들에는 잠깐씩 멍해졌다. 그렇구나. 점점 하얗게 비워지는 거구나. 어쩐지 그 사실이 편안했다. 안심이었다.

한 가지 고백하자면, 나는 마른 고추를 가위로 말끔히 자르던 여성노인들과의 시간과 납골당 카페 바닥의 비석을 밟고 섰던 시간의 선후를 확신하지 못한다. 한 권의 노트에 뒤섞여 기록되어 기억 역시 뒤엉켰기 때문이기도 하고, 어떤 시간들은 도무지 선행적으로 흐르지 않아서이기도 하다. 시간이 그렇다면 나이 듦도 마찬가지일 것이다. 그냥 이렇게 늙어 병들고 죽게 될까. 여전히 가끔 불안해지지만 이름을 알게 되는 여성노인의 수가 하나둘 늘어갈수록 그렇게까지 나쁘진 않아, 하게 되는 순간도 는다.

누군가는 더 고약한 시간의 심보를 겪게 되겠지. 그걸 모르진 않는다. 그게 나일 수도 있고, 가난하고 가까운 내 친구들일 수도 있다. 다만 상상할 수 있는 미래가 뼈처럼 하얘지고 있다. 뒤바뀐 의미의 말들을 새로 적어 나갈 수 있을 만큼 하얗게. 어떤 이는 나를 납골당 카페에 데려가서, 어떤 이들은 무덤가에 앉혀서 보여 준 미래였다. 외즈다마가 쓴 것처럼 이곳이 죽은 사람들의 세상이라면, 수많은 이야기가 담긴 뼈들의 무덤이라면 나이 듦은 그들 이야기의 쇠락과 쇄락 사이를 가로지르는 일이기도 할 것이다. 그렇게 불안의 손을 잡고 더 깊은 거처로 향한다.

설 탕 과 　 얼 음

부재라는 강력한 존재

오늘은 또 무엇으로 살아야 할까. 눈을 뜨자마자 생각한다. 어떤 사물로 냄새로 색으로 살아야 할까. 그걸 결정하지 못해서 밖에 나갈 수가 없었다. 6개월간의 치료가 끝나고 주치의는 무심하게 말했다. 3개월 후에 오세요. 진료실 의자에서 나는 허둥거렸다. 마치 흥미를 잃은 단기 연애 상대에게 이별을 고하는 이와 관계를 어떻게든 연장해 보려고 질척거리는 이 사이의 냉정함과 머뭇거림 같았다. 정말 이게 다라고? 더는 주치의에게 관심을 받지 못한다는 게 서운하기까지 했다. 죽지는 않게 해 놓았으니 이제 알아서 관리하라는, 압축하면 그와 비슷한 말을 듣고 나는 거의 쫓겨나듯 병실을 나왔다. 버림받은 기분이었다. 병원에서 버림받으면 잘 된 것 아닌가. "병원에서조차"라는 게 문제였다. 아픈 몸을 환영하는 유일한 곳에서조차 더는 나의 몸, 그것의 사정에 도움을 주지 않으리라는 선언이었다. 이제부터 뭘 먹거나 먹지 말아야 하는지, 운동은 얼마나 해야 하는지, 무리하지 마세요의 무리의 기준은 어떤 것인지 유튜브에는 나올까. 며칠 동안 검색을 했지만 정보는 넘치거나 모자랐고 그중에서 내가 원하는 답은 거의 얻을 수 없었다. 나는 끝나지 않았는데 모두 끝난 듯이 굴었다. 그래서 나도 다 끝난 척을 해야 했다.

창을 열었다. 맞은편 이슬람 성물 가게 여자아이가 때마침 나를 보고 손을 흔들었다. 아직 무엇으로 하루를 살아야 할지 결정하지 못했다. 아이는 내 응답을 기다리며 계속 손을 들고 있었다. 무엇으로 살지 어쩌면 내게 선택권이 없을지 몰랐다. 아이를 향해 마주 손을 흔들며 짧고 강력한 단념이 찾아왔다. 볕이 좋았다. 구원과 어울리는 건이 겨울 볕. 그것처럼 하얗고 눈부신 것을 사러 갈까. 정확히는 그런 것들을 구하러 나가고 싶어졌고, 일주일 만에 신발을 신었다. 창 안쪽에서 느낄 때보다 볕이 더 따뜻했다. 성물 가게 아이가 다가왔다.

"어디 가요?"

"하얗고 반짝이는 걸 사고 싶어서."

"수수께끼인가요? 음…… 설탕?"

"그래. 맞아. 그거."

"나 맞은 거예요? 그게 아니면 얼음이라고 하려 했는데!"

"천재구나, 너…….."

성물 가게 남자가 아이를 불렀다. 금요일 밤이면 중심 거리에서 꽤 떨어진 이곳 주택가 골목까지 취객들과 클

럽, 바에서 나온 이들이 만드는 소음이 새벽 늦게까지 잠을 방해하기 일쑤였다. 그날 이후 이 골목도 채도가 달라졌다. 소음은 사라졌지만 다른 이유로 잠들기 힘들었다. 골목에 인접한 레스토랑, 여행사, 성물 가게, 할랄 푸드 상점 사정도 좋지 않았다. 아이를 부르는 남자의 표정에도 어딘가 모르게 짜증이 서려 있었다. 그래도 아직은 눈이 마주치면 웃기는 한다. 웃음은 이 골목 상권이나 이국의 관계에 관한 믿음의 지표가 된다. 그래서 나도 웃는다. 어떤 믿음일까. 지금껏 살아왔듯 살아갈 거라는 믿음? 그날 이후 이곳에서 가장 헛되고 허망한 믿음이 되었더라도 살아 있는 한 웃는다. 살아 있어서 웃을 수 있다.

두 다리가 낯설게 삐걱거렸다. 발이 땅에서 떨어졌다가 다시 땅에 닿기 전까지의, 순간이면서 영원 같은 그 시간에 걸려 고꾸라지지 않을까 불안해하면서 역까지 걸었다. 근처 편의점에서 설탕과 얼음을 샀다. 백설탕을 마지막으로 구입한 게 언제인지 기억나지 않았다. 그것은 빵과 케이크, 초콜릿과 각종 음료의 형태로 내게 왔다. 봉지에 든 각얼음을 들었다가 무거운 걸 들면 안 된다는 걸 떠올렸다. 설탕과 얼음 모두 제법 무게가 나갔다. 결국 녹아 사라질 것들의 즉각적인 존재감이 그날따라 더 무겁게 느껴졌다. 얼음을 담아 놓은 컵 두 개를 골라 계산했다. 컵 안에 든 불규칙한 모양의 얼음들이 물의 화석 같기도 했다. 영상 1도. 볕도 좋아서 얼음에게는 아슬아슬한 날씨였다. 공연히 마음이 급해져서 집 방향으로 몸을 틀어 걸음을 서두르는데 넓고 검은 머플러로 상체를 둘둘 감싼 노인이 바짝 몸을 붙여 왔다. 순식간에 부딪힐 듯 훅 가까워져서 하마터면 비명을 지를 뻔했다. 순간, 그가 산 사람이 아니라 어떤 경계에 선 존재로 보였다. 백발과 검은 머플러의 대비가 너무 강렬해서였을 것이다. 검은 마스크 위의 두 눈동자가 유난히 크기도 했다.

"여기 추모하는 데가 있다던데요?"

나는 그렇다고 대답했다. 어디쯤인지 알려 줄 수 있냐고 재차 물을 때 노인의 눈동자가 금방이라도 데구루루 길바닥에 떨어질 것 같아서 재빨리 고개를 끄덕였다. 집 방향과 반대편 삼거리에 꾸려진 추모 공간까지 노인 걸음으로는 10분 정도 걸릴 터였다.

"내가 이 동네는 초행이라서요."

찾아가는 길이 복잡하거나 멀지는 않았다. 내 걱정은 좀 다른 데 있었다. 일전에 엄마와 함께 그곳에서 헌화와 묵념을 하고 집으로 돌아오는 내내 엄마는 말을 잃은 표정이었다. 불시에 사람을 잃은 사람에게는 도끼이자 칼이자 펄펄 끓는 기름과 다를 바 없을 언어가 추모 공간을 에워싸고 있었다. 구덩이를 파서 슬픔 가득한 사람들을 밀어 넣고 일제히 사격하는 학살의 현장과 다를 바가 없어서 나도, 엄마도, 친구들도 그곳을 찾을 때마다 몸 여기 저기에 물리적인 통증이 생생했다. 만약 노인이 희생자 중 하나와 연고가 있어 찾아가는 길이라면 그 통증은 아예 차원이 달라질 것이어서 나는 질문할 수밖에 없었다.

"잔인하고 고약한 말들을 보시게 될 텐데, 괜찮으시겠어요?"

"같이 괜찮지 않으려고요."

노인이 검은 마스크 안으로 휴지를 든 손을 넣었다 뺐다. 내가 앞장섰다. 방향을 그쪽으로 틀었을 뿐인데 플래카드에서 펄럭이던 붉은 글씨들이 악다구니처럼 들려왔다. 그날 내 집까지 말없이 걷던 엄마가 괜찮다는데도 굳이 설거지통에 손을 담그면서 그랬다.

"만약에 말이다. 너를 추모하는 곳에서 저런 말들을 본다면 내가 제정신일 수 있을까 모르겠다."

우리는 "저런 말들"을 굳이 입 밖으로 내지 않았다. 언어가 되어서는 안 되는 것들이 있다. 그것들이 곧 보일 텐데. 노인을 살폈다. 노인의 시선이 내 손에 들린 비닐봉지에 오래 머물렀다. 아, 맞다. 얼음…… 그제야 떠올랐다. 녹겠네, 하고 나는 계속 앞으로 걸었다. 상식도, 정의도, 일말의 희망도 녹아 사라진 그날 밤의 거리를 지나.

그날은 밤이 몇 배쯤 길었다. 뛰면 3분? SNS에 올라오는 사진마다 익숙한 건물과 도로가 보였다. 뭔가 잘못되었다. 그게 뭔지 알 수 없었다. 터무니없는 숫자가 '사망자' 옆에 나란할 때마다 언젠가 겪은 슬픔의 규모가 떠올라 연신 소름이 돋았다. 팔을 쓸며 방안을 서성거렸다. 창밖으로 알아들을 수 없는 웅성거림이 들렸다. 죽은 자들의 날, 창밖 모두가 살아 있는 이들 같지가 않았다. 나도 마찬가지였다. 지금 내가 어떻게 살아 있는 걸까 몇 번이고 놀라워했다. 숫자가 계속 바뀌었다. 3분 거리가 30년 거리로, 다른 세계로 변해 가고 있었다. 기억이 이미 너무 무거웠다.

"설탕이 무겁겠어요."

노인의 시각에서는 설탕만 보이는 모양이었다. 나는 괜찮다고 대꾸하고 얼음 이야기는 하지 않았다. 단 걸 좋아하냐고 노인이 물었다. 그랬지만 급작스럽게 수술을 하고 긴 치료를 받느라 음식을 조심해야 해서 잘 먹지 않는다고, 오늘은 반짝이고 하얀 것이 되고 싶었는데 가령 영혼 같은 것이. 하지만 그럴 가능성은 없어서 비슷한 것이라도 보자 싶어 예외적으로 설탕을 사러 나왔다고 설명을 하려다가 말고 짧게 답했다.

"몸에 좋지 않다고들 해서요."

"그렇죠. 처음 설탕이 발명되었을 때는 그 단맛을 독점하려고 인간들끼리 참 못 할 짓도 많이 했는데 말이에요."

자신을 교직 은퇴자라고 덧붙인 노인의 말 전부가 내 주의를 끌었다. 설탕의 발명이라니. 옛 사탕수수 농장의 착취와 노예제 확산이 설탕과 관계가 있다는 이야기는 들은 적이 있다. 설탕은 인간 생체활동의 주된 에너지원이기도 하다. 인간의 배고픔과 맛에 대한 욕망은 설탕이 창조한 거나 다름없어요, 라고 노인은 정리와 요약을 잘 해 줬을 것 같은 선생님 톤으로 말했다. 꿀이 함께 사는 삶의 방식과 관련이 있다면, 설탕은 싼 노동력을 무자비하게 다루는 권력의 맛과 관계하고 있었다. 로마 시인 베르길리우스가 신의 지혜 한 조각이 불꽃처럼 벌들에게 주어졌다고 했는데 인간의 지혜는 약자를 부릴 때 신속해지는 게 아닌가 설탕의 역사는 말하는 것도 같았다.

흥미진진한 이야기에 정신이 팔린 채 노인과 나는 또다른 역사에 가까워지고 있었다. 곧 노인의 눈에서 흥미도, 웃음도 사라질 것이다. 현수막과 벽보의 글들은 피하기 어려웠고, 여러 번 본다고 둔해지기 힘든 것들이었다. 설탕 봉지를 뜯어 그것들을 향해 흩뿌리면 어떻게 될까. 상상이 그리 통쾌하지 않았다. 노인과 나는 미리 그렇게 하기로 한 것처럼 서로에게서 눈을 떼지 않고 걸었다. 시선의 오고 감이 그 순간에는 보호였다.

"아직 멀었나요?"

"아, 바로 저기…… 였는데……."

길의 끝에 다다르기 전 보이던 것들이 모두 사라지고 없었다. 플래카드 철거를 요구하는 민원서류에 서명한 적이 있는데 혹시 받아들여진 것일까. 노인을 세워 두고 영정들이 놓여 있던 자리로 뛰어갔다. 자원봉사자 천막도 분향소를 지키던 유가족들도 보이지 않았다. 흔적 하나 없이 텅 빈 자리에 서서 두리번거리고 있자니 노인이 다가왔다.

"이렇게 된 거, 그냥 모두 꿈이었으면 좋겠네."

낮게 중얼거리던 그 말이 슬프고 편했다. 모두 꿈이었으면. 다만 몇 초라도 그런 바람을 사실로 믿어야 살게 되었을 하루 이틀 사흘…… 더는 참을 수 없었을 것이다. 누구라도 그랬을 것이다.

하루는 역 가까이에서 기도회가 열렸고, 다른 하루는 굿판이 벌어졌다. 비가 오고 가고, 눈이 쌓였다 녹았다. 그날 이후 급속도로 얼어붙은 공기가 이른 겨울을 불렀다. 예년에 비해 따뜻하다는 말이 어색해서 소리 내 여러 번 발음해 보았다. 예년에 비해 따뜻합니다. 비해 따뜻합니다. 따뜻…… 나만 추운 거냐고 물으면 세계의 슬픈 장소를 가진 친구들이 예년에 비해 유난히 춥다고 대답해 줬다. 그들과 옷을 겹겹 입고 참사 현장에 남은 메모들, 마지막 인사와 늦은 사과와 무거운 기억들 앞에 자주 섰다. 유가족으로 보이는 중년 여성이 사람들을 붙들고 이러면 안 되지 않냐고 울부짖을 때도 우리는 거기 있었다. 입을 꾹 다물고 두 손을 모으고 어찌할 바 모른 채로. 아무도 자기 말을 들어주지 않는다며 통곡하는 몸을 비슷한 연배의 여성이 옆에서 끌어안으며 말했다.

"듣고 있어요. 제가 듣고 있어요……."

두 여성이 자리를 뜬 후에도 한참 그 말을 떠올렸다. 듣는 몸이 되어야 했다. 내가 당신의. 듣고 있어요. 모두가 외면하는 어떤 순간이라면 더욱. 예년에 비해 더 잘 들어야 했다. 집으로 돌아와서야 그래야 했다고 울 수 있었다. 이제는 어떤 상실이, 비극이, 부재가 먼저인지 알 수 없게 되었고 겹겹의 애도에서 우리는 자주 잊었다. 누군가의 말에 귀를 기울이려면 무엇보다 먼저 침묵해야 했다. 그걸 자꾸 잊고 우리는 먼저 울었다고 울었다.

159명의 영정이 놓인 제단이 있던 자리에서 노인과 내가 몸에 압착해 들어오는 기억을 막아서고 있던 그 시간에 유족들은 서울광장 합동분향소 기습 철거를 대비해 며칠째 불침번을 서고 있었다. 참사 장소 인근 분향소를 서울광장 앞으로 이전해 통합 운영하기로 한 결정에는 이곳

상인들의 어려움을 고려한 이유도 있었을 것이다.

"이젠 거긴 못 가겠더라."

아무런 악의 없이 사람들은 말했다. 내가 이곳에 사는데도, 내 앞에서, 그렇게. 세상을 떠난 이들뿐 아니라 그곳에서 살아가고 있는 이들을 지우기 쉬운 말이라는 걸, 감정을 빼고 전달할 여유가 아직은 없다. 그런 말들이 그들을 이곳에서 떠나게 했을 것이다. 추모 공간을 서울광장으로 이전한 후 혐오의 말과 폭력이 줄었다는 기사까지 검색한 뉴스를 노인에게 전했다. 가만히 듣고 있던 노인이 같이 그곳에 가 보지 않겠냐고 물었다. 같이 택시를 타고 가자고. 차비는 자기가 내겠다고. 듣는 몸의 표본처럼 들어야 할 말을 향해 잔뜩 등이 기울어서는.

내가 망설였던 건 조금 더 꿈이었으면, 싶어서였을 것이다. 그게 미안해서 노인과 함께 택시를 탔다. 노인이 내가 품에 안아 든 봉지를 들여다보고 눈이 커졌다. 오래 빈몸으로 지내다가 어쩌다 품에 안은 것이 또 하필 설탕이고 얼음이었을까. 녹아서 달고 녹아서 차가운, 사라짐이곧 있음이기도 한 그것들을 하얗고 반짝이는 무엇으로꿈은 성물 가게 아이가 떠올랐다. 아이 뒤쪽의 쇼윈도에는 비즈가 달린 레이스로 장식된 새하얗고 반짝이는 부르카가 걸려 있었는데도.

"아이고. 그거 얼음이에요?"

컵 안에서 얼음이 녹기 시작했다. 노인이 미안해했다. 대꾸할 말을 찾지 못해 묵묵히 있다가 갑자기 떠오른 말을 툭, 내려놓았다.

"요즘 북극에서도 얼음이 녹는대요."

그곳 원주민들은 스스로를 '이누이트'라고 칭한다는 이야기를 읽었다. 이누이트. 노인이 그건 사람이라는 뜻이라고 했다. 그렇군요. 사람. 녹아 사라진 얼음 같은 그 이름들을 향해 가고 있다. 다 녹기 전에, 늦기 전에 이 말을 해야 할 것 같아서.

듣고 있어요.

헤매기가 글이 될 때

> "타자는 자신의 모든 형태로 나에게 나(I)를 선사한다.
> (······) 내 초상을 만드는 이가 타자다. 항상."
>
> ─엘렌 식수

어떤 진실에 가까운 불완전함에 대해 오래 생각한 날이었다. 이게 왜 여기 있지? 20년 넘게 쓰고 있는 녹슨 가위를 난생처음 본 것처럼 나는 낯설고 차가운 기분에 사로잡혔다. 그것을 가위로 불러도 될지 의심스럽기까지 했다. 그날 밤, 이름이 가위가 맞는지 백 퍼센트 확신할 수 없는 그것이 꿈에 등장하더니 그때부터 다른 사물들이 하나씩 다른 밤, 다른 꿈에 나타나기 시작했다. 나는 그것들의 이름을 매번 기억하지 못했다. 잊어서 부르지 못한 사물들의 원성이 잠 밖에서도 자자했다. 한번은 책이 활짝 펼쳐져 날아다녔는데, '책'이 생각나지 않아서 '새'라고 불렀다가 페이지 수만큼 책망을 들어야 했다. 그러고 나면 꿈과 꿈 아닌 세계의 경계에 모종의 긴장감이 맴돌

앗다. 경험과 관념을 연결할 때 발생하는 긴장과 비슷했다. 꿈에서 의자를(나는 그것을 '묘지'라고 잘못 불렀다) 본 날, 어쩐지 연속되는 오류와 긴장을 기록해 놓고 싶어졌다. 망각과 틀린 이름으로 연결된 사물들이 나를 불완전해서 진실한 어떤 기억으로 안내해 주지 않을까 하고. 꿈에서 유용한 능동적 수동성을 유지하며, 사물이 바라보는 기억인지 기억이 바라보는 사물인지 일단은 써 보자 한 것이 책을 여는 이야기가 되었다.

미리 죽음을 생각하지는 마세요.

검사 결과를 듣는 자리에서 의사가 한 말 때문에 (당연하게도) 한동안 죽음이 머릿속에서 떠나지 않았다. 이상하게 들릴지 모르지만 그때의 죽음은 원고 마감과 그리 다르지 않게 느껴졌다. 특히 일정에 맞춰 압박감과 자괴감, 자기 연민, 수모를 견디는 기분 등과 더불어 해야할 일이 있다는 점에서 그랬다. 어차피 그렇다면 죽음을 그치고 마감을 지키는 편이 나았다. 치료를 받으면서 연재를 진행했다. 머리카락이 빠지기 시작할 즈음 생경하고 낯선 몸이 사물 대신 꿈에 나타났다. 팔이 목이 되고, 눈이 엄지발가락 자리에 붙어서는 자꾸 아래를, 더 아래를 보려고 했다. 눈이 가려워서 발가락을 꼼지락거렸다. 내 몸이 나의 새로운 타자가 되었다. 이 시기에 쓴 글에 대해서는 할 수 있는 말이 많지 않다. 감정을 거세하면 기억은 애도의 영역으로 숨는다. 언제고 그 기억이 돌아와 언어를 요구한다면, 하고 상상하는 것만으로도 엄지발가락이 쓰리고 따끔거린다.

돌이킬 수 없는 마음보다 돌이킬 수 없는 몸이 더 사무치던 시기에는 돌이키고 싶은 것들을 떠올리며 썼다. 다시는 보지 못할 사람, 잃어버린 사물, 사라진 공간에 대해서. 그즈음 연재가 끝났다. 새 머리카락이 나면 회복이 시작된 거라고 의사는 말했다. 회복의 방식이나 속도에 대해서는 말하지 않았다. 날이 갈수록 존재의 윤곽선이 거의 보이지 않아서 투명인간으로 살아도 괜찮을 것 같았다. 보이지 않지만 큰 기척 없이 이 세계의 작고 약한 것들을 연결하는 데 기여하는 이들이 떠올랐다. 그들 대부분은 시적이고 윤리적인 조건으로 관계 맺고 유동적인 몸으로 비인간, 사물과 만난다. 내게는 몇몇 여성노인들이 그런 존재로 남았다. 한 사람이 술래를 오래 한다 싶으면 일부러 잡히거나 들켜 주는 것도 그들이었다. 술래는 잡으러 다니며 재밌고, 술래 아니면 잡힐까 봐 두근두근 재밌고. 노인의 그런 말을 떠올리면 안다는 것과 산다는 것이 별개의 문제 같아서 나는 괜히 약봉지를 만지작거리곤 했다. 아픈 몸으로는 알기도 살기도 요원했으므로 그들이 연결해 준 사물, 사물이 연결해 준 그들을 찾아 기억 속을 술래처럼 찾아다녔다. 헤매기가 글이 되었다. 책으로 묶을 만한 양이었다.

엘렌 식수는 타자가 언제나 '모든 것'이라고 강조한다. 말했다시피 아는 것과 사는 것은 별개라서 아직 나는 그렇다, 라고 몸으로 동의하지는 못하지만 이 책에 관해서라면 타자가 모든 것이었다고 엄지발가락을 깜빡이지 않고 말할 수 있을 것 같다. 한편으로 책은 저자의 과거, 독자의 현재, 텍스트의 미래가 만나(때로 거세게 충돌해서) 시간의 경계가 허물어지고 기울고 흔들리는 경험의 장이기도 하다. 이번 책에 도착하는 과정에서 그 만남과 경계의 혼돈이 자주 상상되곤 했다. 삶은 시종일관 과도기라는 감각과 한 쌍으로. 아마도 책이 된 글들이 각각 비슷한 허물어짐과 흔들림을 겪은 후 최종적으로 혼돈의 형태로 내게 왔기 때문일 것이다. 독자에게는 어떻게 가닿을지 늘 그렇듯 떨리고 두렵다.

무수한 오해 속으로 책을 밀어 넣으면서 저자가 할 수 있는 최소한의 보호 장치(?)로 에필로그를 쓸 작정이었는데 아무래도 실패한 것 같다. 쓸수록 취약해진다. 그걸 알면서도 쓰고, 수모 속에서 쓰고, 죽음과 함께 써 온 여성

작가들에게 존경과 사랑을 전하고 싶다. 하나의 사물이 세계를 품었다 뱉는 아주 우연한 순간에 함께였던 여성 노인들과 엄마, 아픈 몸을 조금 더 삶 쪽으로 끌어 준 친구들, 침대 머리맡을 지켰던 사샤, '우리인 타자들이 될 수 있는 힘'이었던 메두사 동료들 덕분에 쓸 수 있었다. 연재 내내 큰 용기가 되어 준 독자들에게도 깊은 고마움을 전한다. 이제 당신들이 술래!

2023년 여름

김지승

미주

1 여성노인은 전 생애에 걸친 빈곤화, 높은 질병 발병률, 상대
적으로 긴 노년기와 1인 가구의 삶 등 사회학적으로 특수한 위치
와 생애 조건을 가진 이들로 '남성' 노인의 이항 대립적 의미만으
로는 충분히 이해되지 않는다. 여기서는 그러한 함의를 가진 존
재로 '여성'과 '노인'을 붙여 한 단어로 썼다.

2 도널드 우즈 위니컷(Donald Woods Winnicott, 1896~1971).
영국의 소아과의사, 정신분석학자, 대상관계이론가로 인간이 성
장하고 발달하는 데 있어 촉진적 환경의 중요성을 강조했으며, 주
양육자와 아이가 형성하는 의존 관계는 중요한 발달적 지표로 기
능한다고 주장했다. 그의《놀이와 현실Playing and Reality》(1971)은
정신분석 관련 문헌 중 피인용수가 가장 많은 책으로 알려졌다.

3 안나 칭(Anna Lowenhaupt Tsing)의《세상 끝의 버섯: 자본
주의의 폐허에서의 삶의 가능성에 대해서The Mushroom at the End
of the World: On the Possibility of Life in Capitalist Ruins》(Princeton
University Press, 2015)는 부제에서 밝힌 것처럼 파괴적인 자본
주의에 대항하여 지구에서 삶을 지속하기 위한 다종(多種)의 협

동적 생존 관계를 연구한 책이다.

4 지크문트 프로이트가 1922년에 쓴 짧은 논문이다.

5 그라이아이(Graiai)는 그리스 신화 속 메두사를 비롯한 고르곤 자매의 세 언니로 눈 하나와 이빨 하나를 함께 사용한다. 그리스어 그라이아이는 '늙은 여자들', '노파들'이라는 의미이고, 바다의 물거품을 의인화했다는 설이 있다.

6 '여성노인'과 같은 이유에서 한 단어로 썼다.

7 줄리아 크리스테바(Julia Kristeva, 1941~)가 《공포의 권력》에서 개념화한 비체(卑體, abject)는 주체도 객체도 되지 못한 채 그 사잇공간에서 안/밖, 주체/객체, 청결/불결, 순수/불순, 삶/죽음 등의 경계 및 위치와 규칙을 무시하고, 정체성과 체계 질서를 교란하기 때문에 상징적 질서의 세계에서는 아예 없는 것으로 취급되기도 하지만 결코 제거될 수 없다. 비체의 존재 방식은 '여성'의 그것과 자연스럽게 연결된다.

8 테레사 드 로레티스가 〈여성영화를 재사유하기: 미학 및 페미니즘 이론〉(1985)에서 논의한 개념에 기대 여성영화를 재정의, 확장하고 있는 조혜영 영화평론가의 글을 참조하길 바란다. (조혜

영, 〈당신의 안녕을 확인하고 싶은 마음: 내가 죽던 날, 2019〉, 한국
영상자료원, 2021)

9   레비 브라이언트(Levi R. Bryant, 1974~)는 라캉주의 정신
분석가이자 철학자로 객체 지향 철학 운동을 이끌며 '객체 지향
존재론(OOO, Object Oriented Ontology)'이라는 용어를 고안해
냈다. 《존재의 지도》에서 그는 자연과 같은 비인간 물질 행위 주
체들을 고려하지 않는 근대성을 비판하며 객체 지향 존재론의 토
대를 구축해 나간다.

10 에미네 세브기 외즈다마(Emine Sevgi Özdamar, 1946~)는
독일에서 활동 중인 튀르키예 출신 디아스포라 작가로 상호문화
성 문학 혹은 언어 이론의 범주에서 다와다 요코와 더불어 자주
언급된다. 2001년 작 〈거울 속의 안뜰Der Hoff im Spiegel〉에서 일
부 인용했다. 〔"사람이란 무엇인가? (…) 사람이란 그가 가진 달콤
한 혀 이외에 다름 아니다." 어머니가 돌아가셨을 때 나는 얼마나
많은 단어들을 땅 아래로 같이 가지고 가셨을까를 생각했다. 나는
어머니의 말이 너무 그리웠다. 어머니는 "살아 있는 사람과 죽은
사람의 수를 생각해 보면 이 세상은 죽은 사람들의 세상이다"라고
말씀하신 적이 있다. 그렇다면 이제 얼마나 많은 말들이 저 땅 아
래 함께 있을까?〕(최윤영, 〈낯선 자의 시선-외즈다마의 텍스트에
나타난 이방성과 다문화성의 문제〉, 한국독일어문학회, 2006)

김지승

읽고 쓰고 연결한다.
《100세 수업》《아무튼, 연필》《짐승일기》를 썼다.

술래 바꾸기

2023년 7월 13일 처음 찍음
2023년 9월 6일 두 번 찍음

지은이 김지승
펴낸곳 도서출판 낮은산 | 펴낸이 정광호 | 편집 강설애 | 제작 정호영
출판 등록 2000년 7월 19일 제10-2015호
주소 04048 서울시 마포구 어울마당로5길 16 반석빌딩 3층
전화 02-335-7365(편집), 02-335-7362(영업) | 팩스 02-335-7380
홈페이지 www.littlemt.com | 이메일 littlemt2001ch@gmail.com
인스타그램 @little_mt2001
제판·인쇄·제본 상지사 P&B

ⓒ 김지승 2023

ISBN 979-11-5525-166-9 03810